Dirección editorial: Ana Doblado
Textos: adaptación de Celia Ruiz / Equipo Susaeta
Ilustraciones: Pilar Campos
Diagramación: Mari Salinas / Equipo Susaeta
Diseño de cubierta: Más!Gráfica / Equipo Susaeta

© SUSAETA EDICIONES, S.A. - Obra colectiva
C/ Campezo, 13 - 28022 Madrid
Tel.: 913 009 100 - Fax: 913 009 118
www.susaeta.com

Cuentos
para
niñas

susaeta

Cuentos de brujas

La casita de chocolate

Hermanos Grimm

Cerca de un bosque vivía un leñador con su mujer y los dos hijos de él. El niño se llamaba Hansel y la niña, Gretel. Eran

tan pobres, tan
pobres que no
tenían ni pan
duro que
llevarse a la
boca. Una
noche,
dijo el
leñador
a su mujer:

   –¿Qué va a ser de nosotros? Los
tiempos son cada vez más difíciles
y no tenemos qué comer.
   –Yo tengo una idea –contestó la
madrastra–. Mañana, cuando
vayamos a trabajar al bosque,
abandonaremos a los niños allí y así

podremos
salvarnos nosotros
de una muerta segura.
–¡Jamás haría eso! ¡Cómo
se nota que tú no eres su madre!
–exclamó el pobre leñador.
   –Pues si no lo hacemos, ve
preparando cuatro ataúdes. Todos
moriremos de hambre.
   Tanto insistió la mujer que acabó
convenciendo al pobre leñador. Los

niños, que no podían dormir porque tenían el estómago vacío, oyeron la conversación.

–¡Hansel, estamos perdidos! –exclamó la niña.

–No llores, Gretel; yo sé lo que hay que hacer.

El niño se levantó de la cama y salió de casa. A la luz de la luna, las piedrecitas del suelo brillaban como la plata. Hansel se llenó los bolsillos y regresó junto a su hermana.

–Gretel, no tengas miedo. Ya verás como estas piedrecitas nos salvarán la vida.

En cuanto amaneció, la mujer despertó a los dos niños:

—¡Arriba, chicos! ¡Ya ha salido el sol y tenemos que ir al bosque a recoger leña!

Después de vestirse y lavarse, los niños fueron a la cocina. La madrastra

12

les dio dos buenos pedazos de pan y les dijo:

—Guardadlo bien y no lo comáis de un golpe. Es la única comida que tenéis para todo el día.

Hansel, que tenía los bolsillos llenos de piedras, dio a su hermana el trozo de pan para que se lo guardase. Después, los cuatro se fueron al bosque. Cada poco rato, Hansel se paraba para señalar el camino con las piedrecitas blancas. Su padre volvió la cabeza y le preguntó:

—¿Qué te pasa, Hansel? ¡Aligera el paso! No vaya a ser que te pierdas.

Al llegar al centro del bosque, la mujer dijo a los niños:

—Vosotros os quedaréis aquí recogiendo la leña. Yo iré con vuestro padre a derribar una encina. Cuando anochezca, vendremos a buscaros

Los niños, que eran *muy* obedientes, hicieron todo cuanto les mandó la madrastra.

Terminada la tarea, se sentaron a comer. Las horas fueron pasando y la noche llegó, pero sus padres no volvieron a buscarlos. Gretel se puso a llorar.

—¡Cálmate, Gretel! Cuando salga la luna, nos iremos para casa.

Y la luna salió e iluminó el bosque. Entonces, Hansel tomó a Gretel de la mano. El niño siguió el rastro de las piedrecitas blancas que había dejado por la mañana y los dos hermanos llegaron a casa al amanecer.

La madrastra fingió que se alegraba al verlos y exclamó:

—¡Bendito sea Dios! ¡Por fin estáis aquí!

15

El padre, sin embargo, se alegró de verdad e inmediatamente sacó un plato de comida a sus hijos.

–Comed, que estaréis hambrientos –y les siguió hablando con mucho cariño–. Como he vendido la encina que corté ayer, tendremos dinero y comida durante unos días.

Los días fueron pasando y la comida se terminó. Así que una noche volvieron a oír a la madrastra decir:

—Ya no queda nada para comer y ni un céntimo para gastar. Es necesario que tus hijos se vayan de casa, si no queremos morirnos todos de hambre.

Hansel y Gretel lo oyeron todo. Cuando sus padres comenzaron a roncar, Hansel se levantó a buscar piedrecitas. Pero la puerta de la casa estaba cerrada, así que el niño regresó a la cama. Al ver que su hermano volvía con las manos vacías, Gretel comenzó a llorar.

—No tengas miedo, hermanita. Estoy seguro de que Dios nos ayudará.

17

A la mañana
siguiente se volvió a
repetir todo como
la primera vez que
sus padres los
abandonaron en el
bosque. La única
diferencia fue que,
esa vez, Hansel echó
al suelo las migas del pan que le había
dado la madrastra.

Cuando llegaron a lo más profundo
del bosque, su madrastra repitió los
mismos consejos y se marchó con su
marido.

Durante toda la mañana, los niños
estuvieron recogiendo leña. Al

mediodía, se sentaron a comer y Gretel compartió con Hansel su panecillo. Los pobres estaban tan cansados que se durmieron y despertaron cuando anochecía. Estaban solos y nadie había ido a buscarlos. Gretel se puso a llorar.

—No tienes por qué preocuparte —le decía Hansel—. En cuanto salga la luna, volveremos a casa. Las migas que tiré nos señalarán el camino.

La luna apareció pero Hansel no

encontró ni una sola migaja: ¡los pajarillos se las habían comido todas! A pesar de esta desgracia, el niño tranquilizó a su hermana:

–Ya verás como encontramos el camino.

Y se pusieron a andar. Aunque estuvieron caminando toda la noche,

los niños no lograron salir del bosque. Hambrientos y agotados, se tumbaron en la hierba y se quedaron dormidos. Al despertar, comieron frutas silvestres y volvieron a buscar un camino que los llevase a su casa.

Era mediodía cuando Gretel vio a lo lejos una casa. Aligeraron el paso y, en pocos minutos, estuvieron frente a ella. ¡Menuda casa! Las paredes eran de bizcocho, las ventanas de azúcar y el tejado de chocolate. Hansel arrancó un pedazo de chocolate del tejado y se lo dio a su hermana:

—Toma, Gretel, ¡debe estar buenísimo!

De pronto, oyeron una voz dentro de
la casa:

–¿Se puede saber quién se está
comiendo el chocolate de mi tejado?

–Nadie, señora. Es el viento lo que se
oye –respondió Hansel.

Entonces se abrió la puerta y apareció una mujer viejísima y medio ciega.

Los niños se asustaron tanto que se les cayó el chocolate que tenían en las manos. Pero la vieja les sonrió y les dijo:

—¡No tengáis miedo! Entrad en casa, hijos míos, que no os va a ocurrir nada malo.

Los niños se tranquilizaron, entraron en la casa y comieron como jamás habían comido en su vida. Después, se fueron a dormir la siesta.

Aquella viejecita amable no era lo que parecía. Aquella viejecita era, en realidad, una bruja terrible. Tan malvada y cruel, que había hecho una casa con dulces para atraer a los niños y luego comérselos.

Mientras Hansel y Gretel dormían, la bruja se frotaba las manos y, relamiéndose, decía:

—¡Qué ricos me van a saber asaditos estos niños!

A la mañana siguiente, la bruja subió a despertar a Hansel.

Sin decirle una palabra, lo llevó hasta el establo y allí lo encerró. Luego, fue a la habitación de Gretel y comenzó a gritar:

—Levántate, holgazana. Vete a la cocina y prepara el almuerzo.

Cuando esté listo, llévaselo a

Hansel. Quiero que tu hermano engorde para comérmelo bien cebadito.

Aunque Gretel lloró con mucha pena, tuvo que hacer lo que la bruja le mandaba. Y no solo ese día, sino todos los días del mes siguiente. Cada

mañana, la bruja se acercaba al establo y decía a Hansel:

—Niño, saca un dedito por los barrotes. Quiero comprobar si has engordado algo.

Pero Hansel, que era muy listo y sabía que la vieja estaba medio ciega, sacaba siempre un huesecillo de pollo.

—¡Caramba! —exclamaba la bruja—. ¡Este niño sigue tan delgado como el primer día! Harta de esperar a que engordase, la bruja decidió comerse a Hansel al día siguiente y así se lo comunicó a Gretel. La pobre niña corrió llorando a la cocina. Todo el día estuvo sollozando y no paró de repetir una y otra vez:

—¡Dios mío, ayúdanos!

En cuanto amaneció, la bruja levantó a Gretel para cocer el pan. La vieja ya había hecho la masa y encendido el horno del corral. Pero al ver las llamas tan vivas y tan fuertes, la bruja cambió de idea y decidió asar en ellas a la pobre niña.

—No sé si el fuego está a punto —dijo la vieja a Gretel—. Asómate al horno para ver si está bien caliente.

Gretel, que había adivinado los planes de la bruja, contestó:

—Soy demasiado pequeña para hacer eso, no sé.

—¡Tonta, más que tonta! —le gritó la bruja—. Ven acá y mira bien cómo se hace.

Agachándose, la vieja metió la cabeza en el horno.

Entonces Gretel aprovechó la ocasión y empujó a la bruja dentro del horno. Cerró la puerta y echó el cerrojo.

Para no oír sus horribles gritos, corrió al establo a liberar a su hermano.

Mientras rompía los barrotes de madera, exclamaba feliz y contenta:
—¡Hansel, estamos salvados!
¡La bruja ha muerto asada!

28

El niño salió del establo y los dos hermanos se abrazaron cientos de veces. Dando saltos de felicidad, entraron en la casa de la bruja y comenzaron a revolver sus armarios.

29

–¡Hansel –exclamó Gretel–, ven corriendo! Este cajón está lleno de piedras preciosas.

Había tantos diamantes y esmeraldas que pudieron llenar todos los bolsillos de sus vestidos. Después, salieron al bosque en busca del camino que les condujese a su casa.

Llevaban andado un buen trecho, cuando se encontraron un río que les cerraba el paso.

–No podemos cruzarlo, Gretel. No nos queda más remedio que dar la vuelta.

–¡Ni hablar! No pienso volver al bosque de la bruja. Antes, prefiero pasar el río sobre ese pato –dijo Gretel, señalando a un pato que nadaba en la corriente.

Sin pensarlo dos veces, lo llamó y le dijo:

–¡Patito, patito bueno! ¿Podrías llevarnos a la otra orilla del río?

Y el patito así lo hizo. Primero pasó a Hansel y después, a Gretel.

De nuevo en tierra, los niños se pusieron a caminar. Poco tiempo después, vieron la casa y a su padre en la puerta. Locos de alegría, Hansel y Gretel gritaron:

—¡Papá, papá, papá!

El pobre leñador estaba triste. Desde que abandonó a sus hijos, no hubo un solo día que no se arrepintiese de haber escuchado los malos consejos de su mujer, que había muerto hacía una semana. Así que al oír las voces de los niños, exclamó:

—¡Gracias a Dios que estáis vivos! ¡Gracias, gracias!

Los tres se abrazaron y lloraron de júbilo. Nunca más en aquella casa faltó la felicidad, la alegría ni la comida, pues con aquellas piedras preciosas fueron inmensamente ricos.

La patita blanca

Alexander N. Afanásiev

Érase una vez un príncipe
enamorado que se casó con una
princesa a la que adoraba. Llevaban

un mes juntos, cuando recibió la noticia de que debía emprender un largo viaje. Triste y apenado, se lo comunicó a su joven esposa:

—Amor mío, no tengo otro remedio que abandonarte durante una larga temporada. Será muy duro para los dos. Pero te prometo que todos los días estarás en mi pensamiento.

Al oír aquellas palabras, la princesa se echó a llorar. Su enamorado marido no

sabía qué hacer para consolarla. Cuando se tranquilizó, el príncipe le dijo:

—Durante el tiempo que esté fuera, tienes que cuidarte mucho. Desconfía de la gente extraña y procura no salir de palacio.

La princesa prometió obedecer en todo, se despidió de su marido y, acto seguido, se encerró en su cuarto. Allí, sola y triste, pasó días y más días.

Al cabo de un tiempo, llegó una mujer a palacio. Parecía bondadosa, simpática y amable. En cuanto vio a la princesa, exclamó:

–¡Qué triste estás! No es bueno que a nuestra futura reina no le dé ni el sol ni el aire. Vayamos a dar un paseo alrededor del jardín del palacio.

La princesa se negó, pero aquella
mujer insistió tanto que, finalmente,
pensó que no había nada malo
en tomar un poco de aire
fresco.

38

Tras un largo paseo, llegaron al arroyo que atravesaba el jardín. La mujer, al ver las aguas cristalinas, comentó:

—¡Cómo me gustaría darme un baño! Con el calor que hace, yo creo que nos vendría muy bien refrescarnos un rato.

Aunque la princesa se negó, acabó pensando que no había nada malo en bañarse y al final aceptó. Pero en cuanto se metió en el agua, la mujer lanzó un embrujo maléfico contra la joven princesa:

–A partir de ahora, serás una patita blanca y nadarás todo el día, arroyo abajo, arroyo arriba.

Y la princesa se alejó por el arroyo, convertida en una patita blanca.

Aquella mujer, que en realidad era una bruja, se vistió con la ropa de la princesa, se peinó igual que ella y esperó tranquilamente la vuelta del príncipe.

Cuando el príncipe regresó, el perro
ladró y corrió al encuentro de su amo.
Ella salió detrás y se arrojó en sus
brazos. El príncipe estaba tan
contento y emocionado que no notó
ningún cambio.

Mientras tanto, la patita blanca
puso tres huevos junto a los juncos del
arroyo. Les dio su calor y, al cabo del

tiempo, salieron sus
pequeños que, en
realidad, no eran patos,
sino niños. Con mucho mimo y cuidado,
la patita blanca los crió y les enseñó a
nadar por el arroyo y a caminar por el
mundo. Cuando veía que sus hijitos
querían escapar al jardín del palacio,
siempre les hacía la misma advertencia:

   —¡No, no y no! Por ahí no debéis ir
nunca.

Pero los patitos,
que eran tan
pequeños como
imprudentes,
no le hicieron
caso y se fueron
alejando más y más
hasta que llegaron al jardín del palacio.
Enseguida, la bruja los reconoció por
el olfato. Se acercó a ellos, los dio de
comer y los acostó, a la vez que
ordenaba en la cocina preparar el
fuego, el cuchillo y las ollas para
guisarlos.

Aquella noche, todos los patitos se
durmieron felizmente menos el pequeño.

43

Cuando a las doce en punto llegó
la bruja y preguntó:
–¿Niños, os habéis dormido ya?
El pequeño contestó:
–No podemos dormir porque
pensamos que alguien nos quiere matar.

44

Desde aquí oímos el ruido del fuego, del cuchillo y de las ollas. Si nos dormimos, moriremos.

Al ver que seguían despiertos, la bruja dio una vuelta por el jardín. Al cabo de un rato, se acercó y volvió a preguntar:

—¿Niños, os habéis dormido ya?

El pequeñajo volvió a contestar lo mismo y la bruja se extrañó de que siempre hablase el mismo patito. Así que abrió un poco la puerta y, al observar que los dos patitos grandes estaban profundamente dormidos, entró. Corrió a su lado, extendió su malvada mano sobre ellos y, al instante, quedaron muertos.

Cuando a la mañana siguiente mamá pata llamó a sus hijos y no acudieron, temió lo peor. Inmediatamente alzó el vuelo hacia el jardín del palacio. Allí estaban sus hijitos, blancos como la nieve y fríos como el hielo. Al verlos exclamó:

—¡Ay, hijitos míos, hijitos de mi alma! ¿Quién os ha hecho esto?

En ese preciso momento, el príncipe y su mujer salían a pasear por el jardín. Al oír a la pata, el príncipe se quedó muy extrañado y preguntó:

—¿Has oído eso? ¿Está hablando la pata?

La bruja, fastidiada y malhumorada, contestó:

46

—Serán figuraciones tuyas, esposo.
Todo el mundo sabe que las patas no
hablan.

Y la pata volvió a decir:

–¡Ay, hijitos míos, hijitos de mi alma! Esa vieja bruja me ha quitado todo: primero fue al marido y ahora a mis tres hijos. ¡Ay, hijitos míos, hijitos de mi alma!

El príncipe se quedó tan extrañado que ordenó a uno de sus criados que le trajera inmediatamente a la pata.

Aunque todos se lanzaron a atraparla, nadie la pudo coger. Solo cuando lo intentó el mismísimo príncipe, la pata voló dócilmente hasta sus manos y entonces, el príncipe lanzó un conjuro:

–Que un abedul blanco nazca a mis espaldas y una doncella aparezca ante mis ojos.

Al instante,
se cumplió su deseo.
La doncella que apareció
ante sus ojos no era otra
que su joven esposa.

La princesa le contó todo lo
ocurrido a su marido e,
inmediatamente, cazaron juntos una
corneja; le ataron dos frasquitos al

cuello y le
dijeron:

—Amiga corneja,
trae estos frasquitos llenos. En
uno pondrás agua de la vida y en el
otro, agua de la palabra.

La corneja salió volando y no tardó
en regresar.

Inmediatamente, rociaron a los niños
con agua de la vida para que
resucitaran; después, les echaron agua
de la palabra y comenzaron a hablar.
Todos se abrazaron y besaron una y
mil veces, felices y contentos.

En cuanto a la bruja hay que decir
que recibió su merecido y no quedó de
ella ni tan siquiera el recuerdo.

Rapónchigo

Hermanos Grimm

Había una vez una mujer que
esperaba feliz y contenta la llegada de
su hijo. Durante el embarazo, lo que más
le gustaba era mirar por la ventana

trasera de la casa. Desde ella veía el hermoso jardín de su vecina la bruja, repleto de flores y de plantas, y rodeado por un muro muy alto.

Un día que la mujer miraba por la ventana vio una mata de rapónchigos. Estaban tan frescos y verdes, que se le antojó comerlos. Pero como crecían en el jardín de la bruja, no podía cogerlos. Cada día que pasaba, la pobre mujer estaba más triste y más pálida. Muy preocupado, su marido le preguntó:

Campánula rapúnculus
"Rapónchigo"

53

—Dime, mujer, ¿qué es lo que te falta para ser feliz?

—¡Ay! —respondió ella—. Si no como alguno de los rapónchigos que crecen en el jardín de la bruja, estoy convencida de que moriré.

Como el marido quería mucho a su mujer, esperó a que anocheciera para entrar en el jardín de la bruja. A toda velocidad, arrancó un manojo de

rapónchigos, trepó por el muro y, ya
en casa, preparó a su mujer una rica
ensalada. Tanto le gustaron los
rapónchigos que el pobre marido tuvo
que volver al jardín la noche siguiente.

Justo en el momento en que subía por el muro con los rapónchigos en la mano, oyó una voz que le decía:

—¡Pero cómo te atreves a entrar en mi jardín y robar mis rapónchigos!

—Perdóneme, pero he robado por necesidad. Mi mujer está esperando un hijo y tiene antojo de rapónchigos. Si no los come, morirá.

La malvada bruja se tranquilizó y le dijo:

—Si es como dices, no me parece mal lo

que has hecho. Pero te pongo una condición: cuando nazca el niño o la niña que tenga tu mujer, me lo entregarás al instante. Yo seré una buena madre.

Al hombre no le quedó más remedio que aceptar el trato. Un mes después, la mujer tuvo una

57

hermosa niña a la que puso por nombre Rapónchigo. La madre apenas pudo besarla, porque de inmediato su marido se la llevó a la casa de la bruja.

La niña era buena y hermosa como el sol. El día que cumplió los doce años, la malvada bruja la encerró en una torre del bosque, sin puerta ni escaleras. Solamente tenía una ventana pequeñita, por donde la niña tiraba sus trenzas, cuando la bruja gritaba:

–¡Rapónchigo, tira las trenzas, que quiero subir!

Y sucedió que, un buen día, el hijo del rey fue a pasear al bosque, cerca

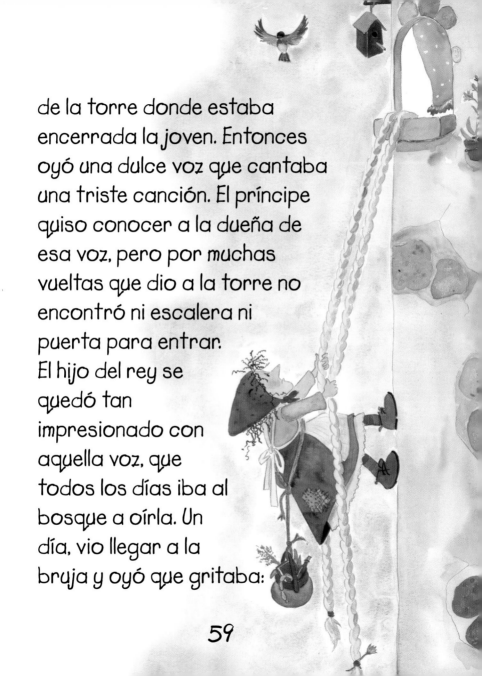

de la torre donde estaba
encerrada la joven. Entonces
oyó una dulce voz que cantaba
una triste canción. El príncipe
quiso conocer a la dueña de
esa voz, pero por muchas
vueltas que dio a la torre no
encontró ni escalera ni
puerta para entrar.
El hijo del rey se
quedó tan
impresionado con
aquella voz, que
todos los días iba al
bosque a oírla. Un
día, vio llegar a la
bruja y oyó que gritaba:

—¡Rapónchigo, tira las trenzas, que
quiero subir!

La joven tiró sus largas trenzas y la
bruja subió por ellas. Así que, al día
siguiente, el príncipe se puso debajo de
la ventana y gritó la misma frase con
todas sus fuerzas.

Inmediatamente cayeron las trenzas
y el príncipe trepó hasta la
habitación donde estaba
encerrada la muchacha.

Al verla, el joven se enamoró locamente de ella y le preguntó:

—¿Quieres ser mi esposa?

Rapónchigo, viendo que el príncipe era joven y atractivo, le dijo:

—Sí, quiero ser tu esposa, pero no sé por dónde voy a bajar. La próxima vez que me visites trae hilo de seda para tejer una cuerda. Cuando la tenga lista, bajaré y tú me llevarás en tu caballo.

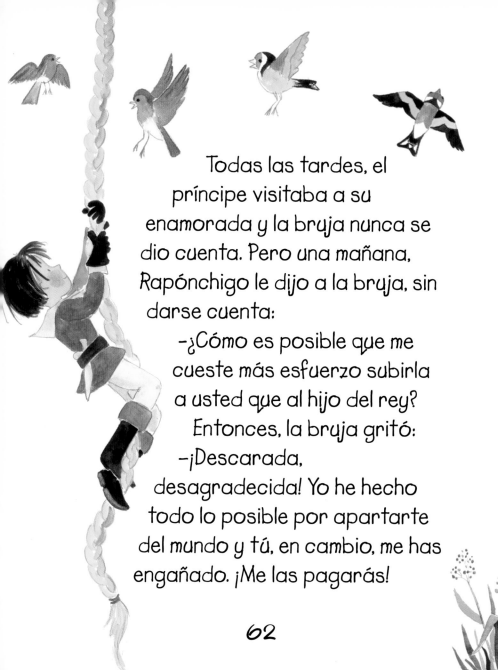

Todas las tardes, el príncipe visitaba a su enamorada y la bruja nunca se dio cuenta. Pero una mañana, Rapónchigo le dijo a la bruja, sin darse cuenta:

—¿Cómo es posible que me cueste más esfuerzo subirla a usted que al hijo del rey?

Entonces, la bruja gritó:

—¡Descarada, desagradecida! Yo he hecho todo lo posible por apartarte del mundo y tú, en cambio, me has engañado. ¡Me las pagarás!

Inmediatamente, la bruja sacó unas enormes tijeras de su delantal y cortó en un tris las hermosas trenzas de la joven. Después, la llevó a un desierto y allí la abandonó.

Esa misma tarde, la bruja volvió a la torre. Sujetó las hermosas trenzas en un

clavo y las arrojó por la ventana cuando el príncipe gritó:

—¡Rapónchigo, tira las trenzas que quiero subir!

¡Vaya sorpresa se llevó el enamorado al ver allí a la bruja! La muy malvada le dijo:

—Como puedes comprobar, el pajarito ha volado del nido. Nunca más volverás a verla. ¿Lo has oído? ¡Nunca más!

El príncipe, lleno de pena y dolor, se tiró por la ventana y cayó sobre una enorme mata de espinos. Aunque salvó su vida, los espinos se clavaron en sus ojos y se quedó totalmente ciego.

Ciego y desconsolado,
el príncipe vagabundeó
por el bosque. Comía
frutos silvestres y no paraba
de lamentarse de su mala
suerte. Así pasó años y
años, hasta que llegó al
desierto, donde vivía
Rapónchigo con dos hijitos
gemelos: un niño y una niña.

Una tarde, la joven oyó el triste
lamento del príncipe. En cuanto

reconoció su voz, salió
corriendo en su busca.
Lo abrazó, lo besó y,
entre sollozos, exclamó:
—¡Qué suerte tengo de
volver a verte!
El príncipe lloró con
lágrimas de alegría y de
felicidad que limpiaron las
nubes que cegaban sus
ojos. Instantes
después, el príncipe
recobraba
la vista.

Tras abrazar nuevamente a
Rapónchigo y a sus hijos, los cuatro
juntos emprendieron el camino de
vuelta a casa. Las gentes de su pueblo
los recibieron con gran alegría y
juntos y contentos vivieron felices en
palacio durante mucho tiempo.

Cuentos de hadas

La bella durmiente

Hermanos Grimm

Hace mucho, mucho tiempo, existió un bello país gobernado por unos reyes muy queridos por su pueblo. Sin embargo, no eran completamente dichosos. A cualquier hora del día se les oía suspirar:

—¡Qué felicidad si tuviéramos un hijo!

Una mañana que estaba la reina en el baño, saltó un sapo del agua y le dijo:

—Muy pronto tu deseo se va a ver cumplido. Antes de que acabe el año, tendrás un hijo.

Pasados unos meses, nació una niña tan hermosa que los reyes se sintieron los padres más felices del mundo.

En honor de la recién nacida, dieron una fiesta espléndida a la que invitaron a todo el mundo, incluso a las trece hadas del reino. Bueno, a las trece no, porque no tenían más que doce platos de oro y prefirieron que una se quedara en su casa.

Cuando la fiesta ya llegaba a su fin, las hadas se

presentaron ante la niña para
ofrecerle sus dones. Una le concedió la
inteligencia; otra, la belleza; la tercera,
la bondad... Y así fueron desfilando una
a una, hasta que le tocó el turno a la
última. Pero cuando iba a hablar, se
presentó el hada que no había sido

invitada y
pronunció
estas palabras:
   –Tendrás
todo lo que te han concedido mis
hermanas, pero, por no haberme
invitado a la fiesta, a los quince años
te pincharás con un huso y morirás.

Los reyes estaban tan asustados
que el hada que faltaba por hablar se
acercó a la niña y dijo:

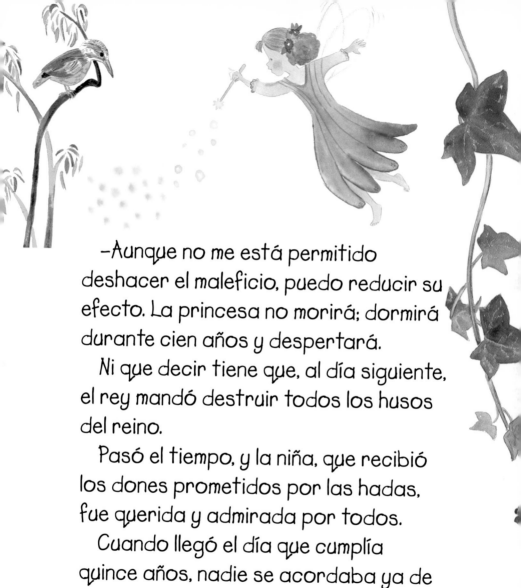

—Aunque no me está permitido deshacer el maleficio, puedo reducir su efecto. La princesa no morirá; dormirá durante cien años y despertará.

Ni que decir tiene que, al día siguiente, el rey mandó destruir todos los husos del reino.

Pasó el tiempo, y la niña, que recibió los dones prometidos por las hadas, fue querida y admirada por todos.

Cuando llegó el día que cumplía quince años, nadie se acordaba ya de

la maldición del hada. Así que los reyes
se fueron de compras, mientras los
criados preparaban la fiesta. La
princesa se alegró mucho de que sus

padres no estuvieran porque, de esa
manera, podría curiosear todas las
habitaciones secretas de palacio. Lo
primero que hizo fue subir a la torre, un
lugar al que le habían prohibido ir.

En uno de los cuartos encontró a
una viejecita que hilaba con un huso.

Tras los saludos, le preguntó:

—¿Señora, qué está haciendo?

77

–Estoy hilando. ¿Quieres que te enseñe?

–¡No hay nada que me pueda apetecer más! –contestó la princesa que, de inmediato, se puso a hilar con el huso, cumpliéndose así la terrible maldición, porque se pinchó.

La princesa quedó dormida y, al instante, todos los habitantes del reino

78

cayeron en un
profundísimo
sueño. Los
reyes, que
acababan
de entrar
en el salón
real, también se durmieron. Y
de ese extraño sueño no se libraron ni
los animales domésticos ni los animales
salvajes.

Como todos dormían, nadie pudo
ocuparse de cortar las ramas de las
plantas. Crecieron tanto que
llegaron a ocultar el palacio.
Nadie que pasase
por allí podría

nunca imaginar lo que la vegetación escondía.

Un buen día, precisamente cuando se cumplían los cien años del encantamiento, un joven príncipe se acercó a aquel lugar de leyenda.

Eran tantas las historias que había oído sobre la bella durmiente que, guiado por la curiosidad, decidió entrar en aquel espacio misterioso. A golpe de espada, fue cortando las ramas que le impedían el paso.

Tras no pocos esfuerzos llegó al palacio. Los guardias de la entrada parecían estatuas.

Atravesó el inmenso
vestíbulo de mármol y llegó
al salón real. Allí encontró
un grupo de damas y
caballeros, a los que el

sueño les había sorprendido
charlando con los reyes. Continuó por
salas, corredores y galerías,
descubriendo siempre el mismo
espectáculo: soldados, damas y
criados durmiendo un profundo
sueño.

A paso rápido, recorrió el palacio
en busca de la princesa. Se detuvo
en el salón de baile y miró

detenidamente a cada una de aquellas jóvenes. Como ninguna era muy bella, reanudó la marcha.

Llegó a un oscuro pasillo del que partía una escalera de caracol que conducía a la torre. Tras dudar unos instantes, subió velozmente las escaleras y abrió la puerta. Junto a la rueca de hilar y el huso, una hermosísima joven dormía plácidamente.

—¡Es ella, sin duda es ella! ¡Jamás mis ojos vieron tanta belleza!

El príncipe se acercó a la joven, tomó su mano y

la besó. De inmediato, la princesa
abrió los ojos y le sonrió:

—¿Cómo es posible que me hayáis
encontrado si nadie sabía dónde
estaba? ¿Cómo me habéis reconocido?

Sin perder un segundo, el príncipe se
arrodilló ante ella y le contó quién era y
cómo había llegado hasta allí. Cuando
terminó de hablar, la princesa se
levantó y dijo:

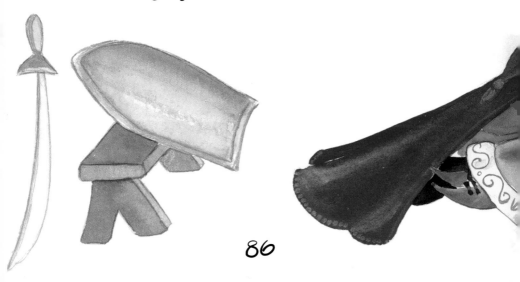

—Necesito ver
inmediatamente a mis
padres, ¿me acompañáis?

88

El príncipe dio la mano a la bella durmiente y comenzaron a bajar las escaleras. Cuando llegaron al último peldaño, todos los habitantes del reino y del palacio ya habían despertado de su sueño.

La princesa entró en el salón real y corrió a abrazar a sus padres.

Con infinita alegría, los soberanos abrazaron a su hija.

Gracias a aquel príncipe los reyes y su hija volvieron a ser una familia dichosa. Las buenas gentes de aquel reino pudieron comprobar la felicidad de sus soberanos cuando asistieron a la boda de la bella durmiente con su príncipe salvador.

Riquete el del copete

Charles Perrault

Había una vez una reina que tuvo un hijo tan feo que todos pensaban que era monstruoso. El hada que acudió a

conocerlo aseguró, sin embargo, que el niño sería inteligente y bueno, y le concedió el don de poder ceder parte de su sabiduría a la persona que más amara. ¡Se nos olvidaba! El niño nació con un copete de pelos en lo alto de la cabeza y por eso lo llamaron Riquete el del copete.

Siete años después, la reina de un país vecino dio a luz a dos niñas. La primera

que vino al mundo era hermosísima. La
misma hada que vio nacer a Riquete dijo:

—Esta bella princesita será tan linda
como tonta. Pero podrá hacer bella a
la persona que más quiera.

El dolor de la pobre reina fue
aún mayor cuando nació su
segunda hija, una niña muy fea.

—No lloréis, señora —le aconsejó el
hada—; tendrá tanto talento que a
nadie le importará su fealdad.

Las princesas fueron creciendo y en
todas partes se hablaba de la belleza
de la mayor y de la inteligencia de la
menor. Y aunque la hermosura es una
gran ventaja, todos se aburrían con la
princesa guapa, que decía sinsentidos.

De buena gana,
esta hubiera dado toda su belleza a
cambio de la mitad del ingenio de su
hermana. Otro tanto hubiera hecho la
pequeña para dejar de ser tan fea.

Un día que la bella princesa lloraba
en el bosque su desgracia, se le acercó

un joven horroroso, pero magníficamente vestido. Era el príncipe Riquete el del copete, que había abandonado su reino para ir a conocer a la princesa, famosa por su hermosura. Riquete, viéndola tan triste, se acercó y le dijo:

—No comprendo cómo una persona tan bella como vos está tan triste.

—Sois muy amable, señor —respondió la princesa—. Pero os aseguro que preferiría ser tan fea como vos y tener una pizca de inteligencia. ¿Para qué me sirve la belleza siendo tan tonta?

—Señora, no puedo creer que os falte ingenio; pero si estáis triste por eso, yo puedo poner fin a vuestro dolor.

94

–¿Cómo?
–preguntó la princesa.
–Tengo el poder –dijo
Riquete– de
ceder parte
de mi
inteligencia a
quien yo más
ame.
Vos sois
esa persona...

Si os casáis conmigo, tendréis todo el talento y el ingenio que deseáis.

La princesa, sorprendida, no supo qué responder. Riquete continuó:

—Sé que es difícil tomar una decisión, teniendo en cuenta que soy una persona extraordinariamente fea; os doy un año de plazo para decidiros.

La princesa aceptó la propuesta de Riquete e, inmediatamente, empezó a sentir algunos cambios. Notó que tenía facilidad para hablar y que, además, lo hacía con soltura y gracia.

Cuando la princesa volvió a palacio, el extraordinario cambio alegró a todos.

Bueno, a todos no. Su hermana menor
se dio cuenta de que tan solo con un
poco de ingenio, la princesa llamaba la
atención de todos y a ella ya no le
hacían caso.

Pronto se supo la feliz noticia en los reinos vecinos y empezaron a llegar príncipes de todas partes para pedir su mano. Tras dar calabazas a muchos pretendientes, se presentó un hombre tan poderoso, apuesto y rico, que no pudo resistirse. Pero, como ahora era sensata, decidió tomarse un tiempo para pensar bien las cosas.

La princesa marchó al bosque para reflexionar y tomar una decisión. Mientras paseaba, oyó gran alboroto.

Encontró una gran cocina con gente trabajando afanosamente y, con sorpresa, preguntó qué hacían allí.

—Señora, el príncipe Riquete el del copete se casa mañana.

La princesa se quedó de piedra al recordar que hacía justamente un año que había prometido dar respuesta a Riquete, quien en ese momento apareció junto a ella.

—Aquí estoy, convencido de que habéis venido a hacerme el hombre más feliz del mundo.

—La verdad, siento deciros que aún

no sé qué hacer.
Gracias a la
inteligencia que vos
me habéis concedido,
tengo ahora muchas
más dudas que antes.

   —Veamos... Aparte de mi
fealdad, ¿os disgustan mi
carácter, mis modales?

—No, no, no, todo eso me gusta mucho —respondió la princesa.

—Pues si es así, a partir de ahora seré el más feliz de los hombres, ya que vos me vais a regalar una parte de vuestra inmensa belleza.

—¿Cómo puedo hacer yo eso? —dijo la joven.

—Solo si me amáis más que a nadie en el mundo. Sabed, señora, que la misma

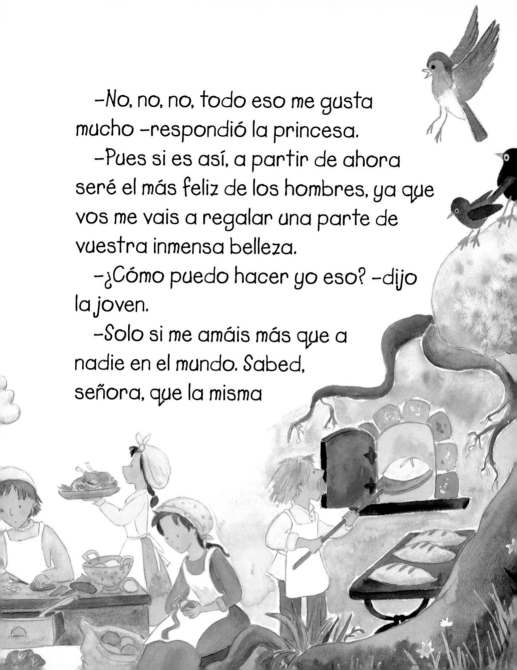

hada que me concedió el don de compartir mi inteligencia, os dio a vos el de hacer hermoso al hombre que amaseis.

–Pues si es así, deseo de todo corazón que os convirtáis en el príncipe más apuesto –dijo la princesa.

Tras pronunciar estas palabras, Riquete el del copete apareció ante sus ojos como el joven más guapo y más encantador del mundo.

Hay quienes aseguran que no fue la magia de las hadas sino el amor lo que causó aquel profundo cambio. Al ver la princesa lo firme que era el amor de Riquete, le importó muy poco su fealdad.

Al día siguiente se celebró la magnífica boda.

104

Cenicienta

Charles Perrault

Cuentan que, al morir su esposa, un caballero se casó con la mujer más desagradable y orgullosa que se pudo ver jamás. Tenía dos hijas que se parecían a ella en todo. El caballero, por su parte, tenía una hija joven, dulce y bondadosa.

Al poco tiempo de casarse, la madrastra empezó a mostrar toda su maldad. Mientras sus hijas descansaban en lujosas habitaciones, la pobre niña no paraba de barrer,

planchar y fregar. Al
llegar la noche, dormía
sobre un incómodo colchón de paja
tirado en el desván. La pobrecita lo
soportaba todo y la llamaban
Cenicienta porque, al terminar sus
tareas, iba a un rincón de la chimenea y

se sentaba cerca de
las cenizas. A pesar de
sus viejos vestidos,
Cenicienta era mil veces
más bonita que sus
hermanastras.

Un buen día, llegó la invitación del
príncipe para el baile de palacio. Las
dos hermanas saltaban de alegría y se
pasaron días enteros probándose
nuevos trajes.

En casa no se hablaba de otro tema.

–Yo –dijo la mayor– me pondré el
vestido de terciopelo rojo.

–Pues yo –dijo la pequeña– llevaré el
abrigo de flores con el broche de
diamantes.

Cenicienta,
mientras tanto, no paraba de planchar
y almidonar los trajes de sus hermanas.
Era tan buena que, incluso, se ofreció a
peinarlas. Estaba haciendo a la mayor
un moño de dos pisos cuando le
preguntaron:

—Cenicienta, ¿te gustaría ir al baile?

—Bien sabéis que eso no es para mí.

—¡Tienes razón! —dijo la hermana mayor—. ¡Todos se reirían de ti!

Por fin llegó el gran día. Las hermanastras se fueron y la pobre Cenicienta se quedó llorando desconsoladamente. Entonces

apareció su hada madrina que le preguntó qué le pasaba.

—Me gustaría..., me gustaría mucho...

—Te gustaría mucho ir al baile, ¿verdad?

—¡Sí, sí me gustaría! —exclamó Cenicienta.

—Si eres buena chica, haré lo posible para que vayas —dijo el hada madrina—. Pero primero irás al jardín a por una calabaza.

Cenicienta llevó al hada la más hermosa que encontró. Su hada madrina la vació,

110

le dio un toque con su varita mágica y la calabaza se convirtió en una hermosa carroza dorada.

Después fueron a mirar a la ratonera, donde seis ratoncillos olían el queso. Dio un golpe a cada uno con la varita mágica y los transformó en seis preciosos caballos de color pardo.

—Ahora, necesito un cochero —comentó el hada.

Entonces vieron una rata bigotuda que, con un golpecito, quedó convertida en un gordo cochero.

Después, el hada dijo a Cenicienta:

—Vuelve al jardín y tráeme seis bonitos lagartos que encontrarás detrás de la regadera.

En cuanto se los trajo, el hada los convirtió en seis elegantísimos criados que, de un salto, subieron a la parte trasera de la carroza.

—Bueno, ya estás lista para ir al baile.
¿Estás contenta? —preguntó el hada
madrina.

—Sí, pero ¿voy a ir con este vestido
tan feo?

Con otro toque de la varita, su viejo
vestido se transformó
en un vestido bordado
con oro, plata y
piedras preciosas;
después, el hada
le dio unos
zapatos de
cristal.

Cenicienta subió al carruaje y, antes de partir, el hada madrina le dijo:

—Recuerda que tienes que salir del baile antes de las doce de la noche. Si te quedas un minuto más, todas las cosas que he transformado volverán a ser lo que en principio eran.

—Prometo que saldré del baile antes de que den las doce.

Cuando Cenicienta llegó a los jardines de

palacio, los criados avisaron al
hijo del rey de que acababa de llegar
una hermosa y desconocida princesa.
El príncipe salió a recibirla: le dio la
mano y la llevó al salón donde estaban

los invitados. Todos se quedaron impresionados de tanta belleza. Hasta la música paró. De vez en cuando se oían suspiros y las gentes exclamaban:

–¡Qué bella! ¡Qué hermosa!

El príncipe invitó a bailar a la recién llegada y toda la noche se pasó contemplándola. Al dar el reloj las doce menos cuarto, Cenicienta se despidió de todos y marchó a casa, donde la esperaba el hada madrina.

–¡Gracias por todo! –exclamó Cenicienta–. El príncipe me ha invitado mañana de nuevo, ¿podré ir?

Pero la conversación quedó interrumpida porque sus hermanas llamaron a la puerta.

118

–¡Qué tarde venís! –dijo Cenicienta mientras se frotaba los ojos como si tuviese sueño.

–Si hubieras ido a palacio no se te abriría la boca. Ahora estarías como yo, envidiando a esa princesa tan bonita que ha ido al baile –dijo la hermana mayor mientras se marchaba a su habitación.

Al día siguiente, las dos hermanas fueron al baile y Cenicienta también, pero mucho más hermosa que el primer día.

El hijo del rey estuvo toda la noche a su lado. Cenicienta, feliz como nunca, se olvidó del reloj y de los consejos de su hada madrina. Así que, al oír la primera campanada de las doce, tuvo que salir corriendo. El príncipe la siguió, pero no la pudo alcanzar; se conformó con recoger uno de los zapatos que la hermosa joven había perdido. Cenicienta llegó a casa sofocada, sin carroza, sin criados y con el viejo vestido de todos los días. De todos aquellos adornos, solo le quedaba un zapato de cristal.

El príncipe se acercó hasta los guardias que vigilaban la puerta principal y les preguntó:

—¿Han visto salir a una princesa?

—Majestad, quien acaba de salir es una muchacha tan mal vestida como una campesina.

Cuando las hermanastras regresaron del baile, se sentaron a hablar con Cenicienta. La más pequeña, que era más amable, le dijo:

—¡Qué bien lo hemos pasado! Es una pena que no puedas conocer a esa hermosa princesa. Hoy ha vuelto al baile pero, de pronto, ha huido.

Cenicienta, a quien le interesaba tener noticias del príncipe, preguntó:

–¿Tú crees que el príncipe se ha enamorado de ella?

–¡Pues claro que sí! Está enamoradísimo. El pobre príncipe se ha pasado el resto del baile mirando el zapato que la princesa perdió.

Pocos días después, el hijo del rey anunció que se casaría con la mujer a quien le sirviese el zapato de cristal.

Comenzaron a probárselo a las princesas, luego a las duquesas y, después, al resto de las damas de la corte.

Pero todo fue inútil: a ninguna le valía el zapatito de cristal.

También llevaron el zapato a la casa de las hermanastras de

Cenicienta. Por más esfuerzos que hicieron, el zapato no les entraba en el pie. Entonces, Cenicienta, dijo riendo:

–¡Igual me vale a mí!

Sus hermanastras se burlaron de ella. Sin embargo, el hombre que probaba el zapato se fijó en Cenicienta. Le pareció tan bonita y graciosa, que dijo:

–Puedes probártelo. El príncipe me ha ordenado que se pongan el zapato todas las jovencitas de su reino.

Las hermanastras se quedaron asombradas al comprobar que el zapato le valía; pero su sorpresa fue mayor cuando Cenicienta sacó del

delantal el segundo zapato y
se lo puso en el otro pie. En
ese instante, apareció el hada
madrina; con su varita mágica tocó el
pobre vestido de Cenicienta y lo
convirtió en un traje más lujoso que los
anteriores.

Las hermanastras reconocieron en ella a la misteriosa princesa del baile. Se arrojaron a sus pies y le pidieron perdón por lo mal que la habían tratado.

Cenicienta las ayudó a levantarse y mientras las abrazaba, les dijo:

—Os perdono de todo corazón. Lo único que os pido es que me queráis siempre.

Los soldados del rey llevaron a Cenicienta a palacio y el príncipe volvió a ser feliz. Días después se casaron y Cenicienta llevó a sus hermanas a palacio para que vivieran con ella.

Cuentos
de
príncipes

El porquero

Hans Christian Andersen

Érase una vez un príncipe pobre que tenía un reino pequeño y quería casarse. Nada de esto hubiese sido ningún problema, si se hubiese querido casar con una princesa normal y corriente. Pero el príncipe pobre tuvo el atrevimiento de preguntarle a la hija del emperador:

–¿Queréis casaros conmigo?

La princesa ni se dignó a contestar.

Para conquistar su corazón, el príncipe le envió las dos cosas más hermosas de su pequeño reino: una rosa y un ruiseñor.

Los dos regalos eran excepcionales. La rosa crecía una vez cada cinco años sobre la tumba del padre del príncipe. Su

olor era tan dulce e intenso que hacía
olvidar todo tipo de penas y
preocupaciones.

El ruiseñor, por su parte,
tenía dentro de su garganta
las melodías
más hermosas
que se pudieran
imaginar. El
príncipe guardó

estos bellos regalos en dos estuches
de plata y se los mandó a la princesa.
   Cuando los estuches de plata
llegaron a su destino, el emperador
llamó a su hija para que los abriese.
   —¡Ojalá fuera un gatito! —dijo la
princesa.

        Pero al abrir la caja, lo que
        apareció fue una bella rosa.

–¡Es perfecta! –exclamaron las damas de la princesa.

–¡Es preciosa! –añadió el emperador.

Todos alabaron su belleza y su olor, menos la princesa, que protestó:

–¡Qué rabia! ¡Es una flor de verdad! A mí me hubiese gustado una flor artificial.

Al ver la desilusión de la princesa, el emperador abrió la otra caja de plata. Y apareció el ruiseñor. Cantaba tan maravillosamente bien que era imposible ponerle ninguna pega. Bueno...

La princesa le puso todas las pegas del mundo:

   –¡Jamás creería que este pájaro es de verdad!

Como
aquellos
regalos no habían sido
de su agrado, la
princesa no quiso recibir
al príncipe enamorado.
Pero él no se desanimó.
Se pintó la cara de
negro y marrón, se caló un gorro
hasta las cejas y llamó a la puerta de
palacio:
—¡Buenos días, emperador! ¿Podría
entrar a trabajar en esta noble casa?
—Pues llega usted en el momento justo.
Necesito a alguien que cuide de
los cerdos.

De este modo, el príncipe pobre pasó
a ser porquero del emperador. Todo el
día lo pasaba cuidando de los cerdos
y por la noche dormía al lado de estos
animales en una choza pequeña e
incómoda.

Todas las noches, el porquero
preparaba su olla con la cena.

138

Aquella era una olla fantástica. En cuanto empezaban a cocerse los alimentos, la olla se ponía a tocar viejas canciones que todo el mundo sabía. Además, si uno metía dentro el dedo, se podían oler todos

140

los aromas de las comidas preparadas en las casas de la ciudad.

En el preciso instante en que la olla se puso a tocar, la princesa paseaba cerca de la choza. Al instante, recordó aquella canción y dijo a sus damas:

—¡Esa es la única canción que sé tocar al piano! Entrad inmediatamente en la choza y preguntad al porquero cuánto cuesta el instrumento que toca esa melodía.

Una de las damas entró y, tras enterarse de que era una olla la que hacía la música, preguntó al porquero:

–¿Cuánto pide usted por la olla?

–Me conformo con diez besos de la princesa.

–¡Eso es imposible! –exclamó la dama ofendida.

–Sepa usted que no pienso darla por menos.

En cuanto la dama salió de la choza, la princesa le preguntó:

142

—¿Qué ha dicho el porquero?

—No me atrevo a repetirlo en voz alta. Si queréis oírlo, os lo diré al oído.

Así que se lo dijo en voz baja y, al instante, la princesa gritó:

—¡Qué indecente, qué aprovechado!

La princesa y sus damas emprendieron de nuevo la marcha y, al poco rato, volvieron a escuchar aquella maravillosa melodía. La princesa se detuvo y dijo a su dama:

—Vete de nuevo a la choza y pregúntale al porquero si se conforma con diez besos de mis damas.

La mujer hizo lo que la princesa le mandó y el porquero respondió:

—Decidle a la princesa que quiero diez besos suyos. Si me los da, tendrá la olla.

Finalmente, la princesa aceptó el trato, no sin antes protestar:

—¡Vaya cara que tiene! Le daré los diez besos, si vosotras os ponéis a nuestro alrededor para que nadie nos vea.

144

Y así fue como la princesa tuvo la olla y el porquero sus diez besos.
El porquero era tan habilidoso que no pasaba un solo día sin construir algo extraordinario.

Esa misma noche, hizo una matraca fantástica. Al hacerla girar, sonaban las músicas que más se bailaban en ese momento.

Cuando al día siguiente la princesa oyó la música, se volvió a quedar maravillada y ordenó a una de sus damas:

—Preguntad al porquero cuánto pide por ese instrumento. ¡Ah! Decidle que no pienso darle ni un solo beso.

Al poco rato, salió la dama de la choza y le dijo:

—¡No quiere uno, quiere cien besos!

La princesa,
enfurecida,
abandonó
aquel lugar.
No había dado
tres pasos,
cuando volvió a
sonar la música. La princesa se
detuvo y comentó a sus damas:

—¡Todo sea por ayudar a los
artistas! Id a decirle al porquero que le
daré diez besos y que el resto se los
daréis vosotras.

Enseguida, todas protestaron:

—¡A nosotras no nos hace
ninguna gracia darle ni un
solo beso!

La princesa, muy enfadada, respondió:

–¡Eso son tonterías! Si yo puedo besarle y no me pasa nada, vosotras también lo podréis hacer sin que se os caigan los anillos.

De modo que todas las damas entraron a la choza, pero el porquero volvió a repetir lo mismo:

–Quiero cien besos de la princesa. Si no hay besos, no hay matraca.

Las damas se lo contaron a la princesa y esta gritó:

–¡¡Rodeadme!!

Así que las damas la rodearon y el porquero comenzó a besar a la princesa. En aquel preciso

149

momento, paseaba por allí el emperador. Al ver aquel corro de damas, exclamó:

—¡Qué bien se lo están pasando! Voy a ver a qué juegan.

Como las damas estaban muy atentas contando los besos que daba el porquero a la princesa, no oyeron ni vieron al emperador. Cuando el padre vio lo que sucedía, exclamó:

150

–¡Pero qué es esto!
Inmediatamente, el
porquero y la
princesa fueron expulsados
del imperio. Y allí estaban
los dos: la princesa
llorando, el porquero
riéndose y los dos
mojándose porque
llovía a cántaros.

–¡Ay, qué estúpida soy! Si me hubiese
casado con el príncipe que me pedía en
matrimonio, no me hubiese pasado esto.

Entonces el porquero se fue detrás
de un árbol, se quitó la pintura de la
cara, tiró muy lejos su ropa andrajosa
y apareció vestido de príncipe.

151

–¡Aquí estoy! Yo soy el príncipe que quiso casarse contigo. Fueron tantos tus desprecios, que decidí hacer lo mismo contigo. Ya que no quisiste a un príncipe honrado y

preferiste besar a un porquero por
tener una matraca, te digo adiós.
¡Adiós muy buenas!

   El príncipe entró en su reino y la
princesa se quedó fuera cantando su
desesperación.

154

La reina de las abejas

Hermanos Grimm

Érase una vez un rey que tenía tres hijos. Los dos mayores, que eran muy aventureros, se marcharon de palacio con la intención de conocer el mundo. Tanto les gustó esa vida, que decidieron no volver jamás a su reino.

156

Como los hermanos
mayores no regresaban, el
más pequeño, a quien todos
llamaban Bobalicón, decidió ir a
buscarlos. Cuando por fin los
encontró, sus hermanos le
dijeron:

—Vente con nosotros. Te
aseguramos que te vas a divertir
mucho más que en el palacio.

Y Bobalicón aceptó.
Iban los tres anda que te andarás y se
encontraron con un hormiguero. Los
dos hermanos mayores quisieron
pisotearlo para ver cómo huían las
hormigas. Pero Bobalicón no
permitió que lo hicieran y les dijo:

—Pobrecitas,
no las matéis. Son criaturas de Dios y
tienen derecho a vivir.

Un poco más allá se encontraron con
unos patos que nadaban en un lago.
Los dos mayores quisieron coger un
par de ellos para asarlos y comerlos.
Pero Bobalicón no se lo permitió y les
dijo:

—Pobres patos, no los matéis. Son criaturas de Dios y tienen derecho a vivir.

Y andando y andando, llegaron a un bosque. Como estaban muy cansados, los tres hermanos se sentaron bajo un árbol en el que había una colmena de abejas. El príncipe mayor dijo a sus hermanos:

—Mirad cómo corre la miel por el tronco del árbol.

159

Si le prendemos fuego, las abejas se ahogarán y podremos llevarnos la miel.
Pero Bobalicón no se lo permitió y les dijo:
—Pobres abejas, no las matéis. Son criaturas de Dios y tienen derecho a vivir.

Siguieron caminando y llegaron a un castillo misterioso: las cuadras estaban llenas de caballos, pero no encontraron a una sola persona por ninguna parte.

Recorrieron todas las habitaciones y los salones y, al final de un pasillo, tropezaron con una puerta cerrada con tres cerrojos.

En el centro había un ventanuco
abierto por el que se veía lo
que sucedía dentro.
Los tres príncipes
miraron y vieron a un
hombrecillo gris
sentado a una
mesa repleta de
deliciosos

alimentos. Le llamaron una y otra vez, pero el hombrecillo parecía no oír. Finalmente, se levantó, les abrió la puerta y los llevó hasta la mesa para

que comieran con él. Cuando se hartaron de comer y beber, el hombrecillo llevó a cada hermano a una habitación para que descansaran.

Al día siguiente, el hombrecillo gris llamó al hermano mayor y le enseñó una

tablilla de piedra, donde estaban escritas las tres pruebas que había que superar para desencantar el castillo. Le leyó la primera prueba:

–Entre la hierba del bosque están esparcidas las mil perlas de las

princesas. Es necesario
recogerlas todas antes de
que el sol se oculte. Si falta
alguna, el muchacho que las busca se
convertirá en estatua de piedra.

Entusiasmado, el hermano mayor
fue al bosque. Aunque no descansó ni
un segundo, sólo encontró cien perlas.
Así que, cuando el sol se ocultó, quedó

convertido en
estatua de piedra.
Al día siguiente, el segundo hermano
realizó la misma prueba y corrió
la misma suerte.
Finalmente, le llegó el turno a

Bobalicón. Buscó y
rebuscó entre la
hierba del bosque y, como
no encontraba casi perlas,
se puso a llorar. Entonces,
apareció la reina de las hormigas
y le dijo:

   —No llores más. Por haber sido tan
bueno con nosotras, mis cinco mil
hormigas recogerán todas las perlas.

   Cuando el hombrecillo gris recibió el
montón de perlas, las mil, le leyó a
Bobalicón la segunda prueba:

   —En el fondo del lago está
la llave de la habitación
de las princesas.
Tráemela.

Bobalicón fue al lago y, como no sabía nadar, se puso a llorar en la orilla. Los patos, a quienes había salvado, le dijeron:

—Nosotros, que te debemos la vida, buscaremos la llave en el fondo del lago.

Inmediatamente, los patos volvieron con la llave en el pico.

171

Bobalicón se la llevó al hombrecillo gris y este le leyó la tercera prueba:

—El rey tiene tres hijas que están dormidas. Averigua cuál es la más joven y la más guapa. Lo sabrás por la golosina que tomaron antes de que las venciese el sueño. La mayor comió un terrón de azúcar; la mediana, un caramelo y la más joven tomó miel.

Aunque aquella era la prueba más difícil, en su auxilio vino la reina de las abejas.

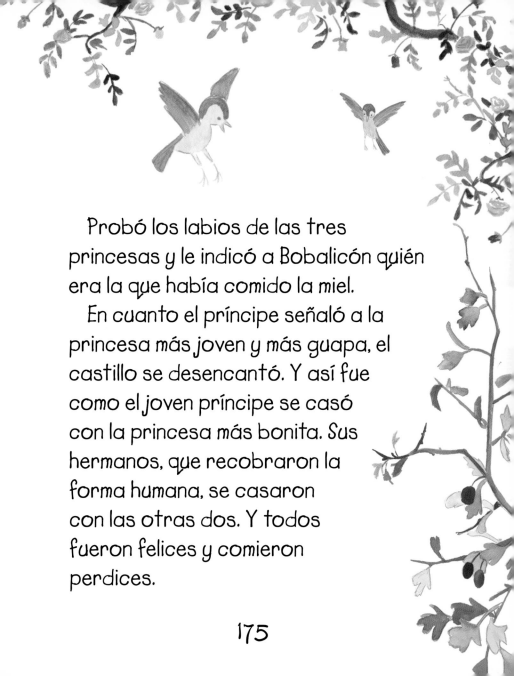

Probó los labios de las tres
princesas y le indicó a Bobalicón quién
era la que había comido la miel.

En cuanto el príncipe señaló a la
princesa más joven y más guapa, el
castillo se desencantó. Y así fue
como el joven príncipe se casó
con la princesa más bonita. Sus
hermanos, que recobraron la
forma humana, se casaron
con las otras dos. Y todos
fueron felices y comieron
perdices.

El príncipe feliz

Oscar Wilde

En la parte más alta de la ciudad se alzaba la estatua del príncipe feliz. Su cuerpo era de oro, sus ojos de zafiro y en el puño de su espada brillaba un enorme rubí. Aquella figura era tan magnífica que todos la admiraban. Una noche voló una golondrina hacia

la ciudad. Era la última que quedaba. Sus amigas hacía más de un mes que se habían ido a Egipto, huyendo del frío.

Esta golondrina estaba enamorada de un junco y esperó, hasta el último momento, a que su enamorado se decidiera a viajar con ella.

—¿Quieres seguirme? —le preguntó la golondrina por milésima vez.

Pero el junco movió la cabeza. Entonces, la golondrina, muy enfadada, le dijo:

—¡Te has burlado de mí! ¡Adiós!

Y se fue. Voló sin descanso todo el día y, al llegar la noche, buscó abrigo en la estatua del príncipe. Acababa de meter la cabeza bajo el ala, cuando le cayeron varias gotas encima de las plumas.

—¡Qué raro! No hay ni una sola nube y llueve. Tendré que irme de aquí.

En el momento en que abría las alas, se le ocurrió mirar hacia arriba y vio...

¡Ah, lo que vio! Los ojos del príncipe feliz estaban llenos de lágrimas.

—¿Quién sois? —preguntó la golondrina.

—Soy el príncipe feliz.

—Y si sois feliz, ¿por qué lloráis de ese modo? ¡Me habéis puesto empapada!

—Cuando estaba vivo —dijo el príncipe— tenía corazón de hombre, pero

179

no sabía lo que eran el dolor ni las lágrimas. Alrededor de mi palacio había una tapia enorme y jamás me preocupé por saber lo que había detrás. Siempre fui feliz, rodeado de riquezas. Pero desde que estoy en este lugar tan alto, veo todo el dolor y la miseria de las gentes de mi ciudad. Y aunque mi corazón es de plomo, no hago otra cosa que llorar.

Como la golondrina parecía muy interesada, el príncipe siguió hablando:

—Mira allá abajo. En aquella casucha, hay una mujer que borda un vestido de baile para una gran dama. A su lado, duerme su hijo enfermo. Tiene fiebre y pide naranjas, pero su madre

no puede
darle más
que agua del
río. Por eso
llora la
pobre mujer.
¡Golondrina!,
¿podrías llevarles el
rubí de mi espada?

La golondrina estaba
cansada, tenía frío y,

además, no le gustaban los niños porque le solían tirar piedras. Iba a decirle que no pero, cuando vio lo triste que estaba el príncipe, respondió:

—Esta noche haré lo que vos me mandéis.

—Gracias, golondrina —dijo el príncipe.

La golondrina arrancó el rubí de la espada y lo llevó a la casucha de la bordadora. Miró por la ventana y vio a la pobre mujer, muerta de cansancio, tumbada junto a su hijo. La golondrina entró en la habitación y puso el rubí sobre el dedal. Luego, se acercó a la cama y movió sus alas para refrescar al niño enfermo. Cuando volvió donde el príncipe, le contó lo que había visto.

A la mañana siguiente, la golondrina voló hacia el río, se bañó y se preparó para marcharse a Egipto. Cuando fue a

despedirse del príncipe,
este le dijo:

—¡Golondrina, quédate
una noche más!

—No puedo, señor, me moriré de frío.

—Mira, golondrina, al otro lado de la
ciudad veo un joven que ha dejado de
escribir porque está helado. Arranca
uno de los zafiros de mis ojos y
llévaselo.

—¡Eso sí que no! Yo no puedo quitaros
un ojo.

Y la golondrina se puso a llorar.

—Por favor, haz lo que te pido.

Con mucho cuidado, arrancó un ojo al
príncipe y se lo llevó al escritor,
que dio saltos de alegría.

Al día siguiente, la
golondrina voló
al puerto y, para
convencerse a sí
misma, gritó:

—¡De mañana no pasa! En cuanto amanezca, me marcho a Egipto.

Cuando por la noche fue a despedirse del príncipe, este insistió tanto en que se quedara que, al final, la golondrina se quedó una noche más. Entonces el príncipe le dijo:

—Allá abajo, en la plaza, hay una niña que vende cerillas. Se le han caído todas al río y su padre la pegará si no lleva dinero a casa. Arráncame el otro ojo y llévaselo; la pobrecita va descalza y no tiene abrigo.

—Si os arranco el ojo, os quedaréis ciego del todo. ¡No puedo hacerlo!

Tras una larga discusión, el príncipe la convenció. La golondrina arrancó el zafiro y lo puso en las manos de la niña, que exclamó:

—¡Qué cristal más bonito!

Después, la golondrina volvió donde el príncipe y le comunicó su decisión:

—Ahora que estáis ciego, me quedaré aquí con vos para siempre.

La golondrina se durmió a los pies del príncipe y, en cuanto amaneció, le habló de las cosas maravillosas que hay en Egipto.

—Qué grande y magnífico es lo que me cuentas —contestó el príncipe—. Pero a mí lo que me maravilla es que las mujeres y los hombres sean capaces de soportar la miseria. Golondrina, por favor, como ya no

tengo ojos, vuela por la ciudad y cuéntame lo que ves.

Inmediatamente, la golondrina hizo lo que el príncipe le mandó. Y lo que vio fue a los ricos celebrando fiestas en sus palacios y a los pobres muriéndose de hambre a sus puertas o debajo de un puente. Cuando anocheció, volvió con el príncipe y le contó lo que había visto.

—Golondrina —dijo el príncipe—, mi cuerpo está cubierto de láminas de oro; quítalas con tu pico y llévaselas a los pobres de mi ciudad.

Hoja por hoja, la golondrina fue arrancando el oro; llegó un momento en que la estatua del príncipe feliz se quedó sin brillo ni belleza. Sin embargo, en la casa de los pobres comenzó a brillar la alegría y la esperanza.

El tiempo pasó y llegaron la nieve y el hielo. Una tarde muy fría de aquel invierno, viendo la golondrina que iba a morir, se posó sobre el hombro del príncipe y le dijo:

—¡Adiós, amado príncipe! Antes de que me vaya para siempre, quiero daros un beso.

El príncipe se puso muy contento y respondió:

—¡Qué alegría, al fin te vas a Egipto!

—No es a Egipto adonde voy. Voy
mucho más lejos.

La golondrina extendió las alas, besó

en los labios al
príncipe y cayó
muerta a sus pies. En
ese mismo
instante, se oyó
un crujido
dentro de la
estatua, como si se
hubiese roto algo
dentro de ella.

Días más tarde, pasó por allí el
alcalde de la ciudad. Al ver la estatua
partida por la mitad, dijo a uno de sus
concejales:

—¡Qué espantoso está el príncipe feliz!
Lo mejor será que mande derribar la
estatua y, en su lugar, ponga una nueva.

El encargado de
fundir la estatua la metió dentro
del horno. Viendo que el corazón de
plomo no se derretía, lo tiró a la
basura. El corazón del príncipe fue a
parar junto al cuerpo sin vida de la
pobre golondrina.

Entonces, Dios llamó a un ángel y le
dijo:

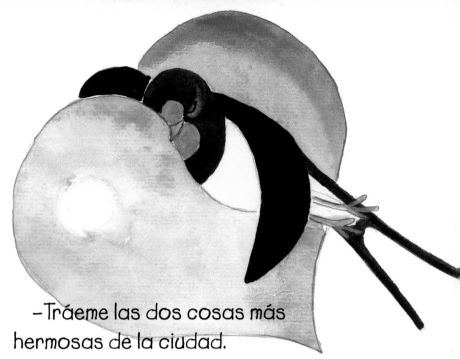

—Tráeme las dos cosas más
hermosas de la ciudad.

Y, sin dudarlo, el ángel voló hasta el
basurero y cogió el corazón de plomo
del príncipe feliz y el cuerpo sin vida de
la golondrina.

—Has elegido bien —dijo Dios—. En mi
reino celestial, la golondrina cantará
eternamente y el príncipe feliz repetirá
mis alabanzas.

Pulgarcita

Hans Christian Andersen

Había una vez una mujer que
deseaba tener un niño pequeñito. Como
no sabía qué hacer, pidió consejo a
una vieja bruja, que le dijo:

—Eso es muy fácil. Planta este grano de cebada en una maceta y verás qué maravilla resulta.

La mujer obedeció y, a los pocos días, brotó una flor grande y bella parecida a un tulipán.

—¡Qué flor tan preciosa! —dijo la mujer dándole un beso en los pétalos rojos.

En ese mismo momento, los pétalos se abrieron y en su interior apareció una

niña pequeñísima, no más larga que un
dedo pulgar. Por ese motivo, la llamó
Pulgarcita.

Una noche, mientras la niña dormía en su camita (que era una cáscara de nuez), un sapo saltó dentro de la habitación a través del cristal roto de la ventana. Al ver a Pulgarcita, se dijo:

«¡Esta niña sería una bonita mujer para mi hijo!».

Y, cargando con la cáscara de nuez, saltó al jardín y caminó hasta la orilla

del río, donde vivía con su hijo, que era tan feo como su padre.

—Croac, croac, croac... —fue todo lo que dijo el joven sapo al ver a la niña en la cáscara de nuez.

—No grites, que vas a despertarla —le reprendió el padre—. Por cierto, voy a poner su cuna sobre la hoja del nenúfar más apartada de la orilla, para que no pueda escapar.

Cuando Pulgarcita despertó era de día. Al ver dónde estaba, se puso a llorar. Y para colmo de males, el viejo sapo apareció con el horrible sapito.

—Niña, aquí tienes a mi hijito, que pronto será tu marido. Ahora él y yo iremos a arreglar vuestra nueva casa.

Los sapos se fueron y Pulgarcita se quedó sola. Y sucedió que una mariposa blanca vino a posarse en la hoja de nenúfar. Pulgarcita, que era muy lista, aprovechó la

ocasión para huir: se desató el cinturón y ató un extremo en torno a la mariposa y el otro, a la hoja. De este modo navegó velozmente por el río.

En ese mismo instante, pasó volando un gran abejorro. Admirado por la belleza de la niñita, se apoderó de ella y se la llevó volando hasta un árbol. Mientras tanto, el nenúfar continuaba navegando arrastrado por la mariposa.

—¡Qué pena! —exclamó Pulgarcita—. Lo que más siento es que la pobre

mariposa no podrá soltarse de la hoja
y morirá de hambre.

El abejorro se sentó con Pulgarcita
en un árbol y, al poco rato, llegaron allí
todos los abejorros que vivían con él.
Las señoritas abejorros,
muertas de envidia, la
miraban con
desprecio.

Unas comentaban:
—¡Pues vaya birria! ¡Es
verdad que tiene dos

204

piernas, pero no
tiene antenas!
Otras decían:
—¡Mirad, no tiene alas! ¡No
sirve ni para volar!
Aunque el abejorro
seguía enamorado de la
bella Pulgarcita, pensó que no podía
cargar con una esposa que todos

criticaban. Así que la bajó del árbol y la puso sobre una rosa.

La pobre niña pasó todo el verano en el bosque, acompañada por los cantos de los pájaros. Pero en cuanto

llegó el otoño, todas las aves se fueron y ella se quedó absolutamente sola. ¡Cómo tiritaba de frío!

Un día de helada, Pulgarcita se puso a andar en busca de refugio. Finalmente, lo encontró en la casita de una ratita de campo. Al ver a la pobre niña, tan cansada y hambrienta, la ratita le dijo:

—Aquí podrás pasar el invierno. Yo te daré de comer y tú, a cambio, limpiarás las habitaciones y me contarás cuentos.

Pulgarcita aceptó el trato con mucho gusto y se puso a limpiar la casa. Esa noche vino a cenar el señor topo. Después de los postres, la niña les contó bellas historias y el topo, al oír su preciosa voz, se enamoró de pulgarcita.

La casa del topo era más grande
que la de la ratita y se comunicaba con
ella por un largo corredor. Fue en este
lugar donde Pulgarcita encontró una
golondrina moribunda. La cogió entre
sus manitas y la besó. El avecilla, que
estaba muerta de frío, se reanimó con

el calor de las manos y el aliento de la niña.

Todas las noches de aquel frío invierno Pulgarcita le llevó comida y abrigo a su amiga golondrina. Tantas cosas le había dado la niña que, al

llegar la primavera, la golondrina quiso
devolverle los favores y le dijo:

—Vente conmigo. Te llevaré sobre mis
alas a un lugar maravilloso para que
puedas ser feliz.

—No puedo —contestó Pulgarcita—.
No quiero romper el corazón de la
ratita y el topo. ¡Son tan buenos!

La primavera llenó de flores los
prados. Un buen día que Pulgarcita
tomaba el sol a la puerta de casa, se le
acercó la ratita y le dijo:

—Pulgarcita, he pensado que debes casarte con el topo. Aprovecharás los largos días de la primavera y el verano para hacerte el ajuar. Cuando lo tengas listo, prepararemos la boda.

Pulgarcita sonrió, pero su corazón estaba triste porque no

quería casarse con el topo. Sin
embargo, obedeció a la ratita y se
puso a hilar, tejer y coser.

Con la llegada del otoño, terminó el
ajuar y la ratita fijó el día de la boda.
Pulgarcita, con lágrimas en los ojos,
salió a despedirse del sol. Dentro de
pocos días, no volvería a verlo jamás
porque su futuro marido vivía en una
casa bajo tierra. Entre los sollozos,
escuchó un sonido familiar:

—¡Quivit! ¡Quivit!

Era su amiga la golondrina. Al ver
llorar a la niña, se detuvo a su lado y le
preguntó:

—¿Qué te pasa, Pulgarcita? ¿Por qué
estás triste?

—¡Soy tan desdichada! Lloro porque mañana me casaré con el topo y yo no lo quiero...

—¿Por qué no vienes conmigo? —le preguntó la golondrina—. Se acerca el invierno y me voy

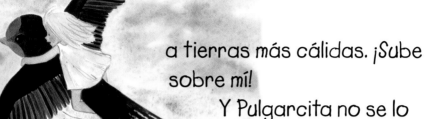

a tierras más cálidas. ¡Sube
sobre mí!

Y Pulgarcita no se lo
pensó dos veces.
Aceptó la
propuesta de su
amiga y juntas
emprendieron el vuelo. Después de días
y días, llegaron a unas tierras donde el
sol brillaba esplendoroso. Entonces, la
golondrina dirigió su vuelo hacia un
hermoso bosquecillo que crecía junto a
un lago azul. Un precioso palacio de
mármol se reflejaba en sus aguas.

La golondrina fue descendiendo y
depositó a Pulgarcita en el cáliz de una
flor.

¡Qué sorpresa! Allí, sentado cómodamente, se encontraba un hombrecillo transparente, como de cristal, que llevaba corona de oro. No era mayor que Pulgarcita y a ella le pareció el ser más hermoso que había visto jamás. Aquel personajillo era un príncipe.

Tan bella le pareció la niña, que se enamoró al instante de ella.

—Soy el príncipe de las flores —le dijo él—, ¿quieres casarte conmigo?

Al oír aquellas palabras, Pulgarcita se acordó del sapo, del abejorro y del topo (sus únicos pretendientes), y aceptó gustosa la propuesta del príncipe.

Inmediatamente, de cada flor salió una dama o un caballero, que le ofrecieron perfumes deliciosos y unas alas blancas para que volara cuando le apeteciera.

—De ahora en adelante te llamaremos Maya —le dijo el apuesto príncipe a la niña—, porque te mereces el nombre más bonito del mundo.

—¡Adiós, adiós! —cantó desde el aire la golondrina, emprendiendo el vuelo hacia el lugar donde tenía su nido.

La linda niña sonrió y tiró un beso con la mano a la avecilla salvadora que le había proporcionado tanta felicidad.

Las tres hilanderas

Hermanos Grimm

Érase una
muchacha, hija de
hilanderos, a la que
no le gustaba nada
hilar. Por más que su
madre le repetía
que debía trabajar,

218

219

la joven no movía ni un dedo. Un día, la madre se hartó tanto de ver a su hija sin hacer nada que le dio un sonoro bofetón, mientras le decía:

—¡Perezosa, holgazana!
¡Vaga, más que vaga!
En ese momento, acertó a
pasar por allí la reina.
Al oír el llanto de una
joven, se bajó de la
carroza y se acercó
a la casa. La
madre, muy
avergonzada
de tener una
hija tan vaga,
ocultó la verdad:
—Majestad, mi hija llora
porque no tiene lino para hilar. Trabaja
tanto que no puedo comprar todo lo
que ella necesita. ¡Somos pobres!

Entonces la reina exclamó:

—¡No hay nada que más me guste que el ruido que hace la rueca al hilar! ¡Qué suerte tiene de que su hija sea tan trabajadora! Sin duda, es la cualidad que más aprecio en las personas.

La reina acarició la cara de la joven y, dirigiéndose a la madre, le dijo:

—Señora, deje que su hija venga conmigo a palacio; allí tengo tres montañas de lino para hilar. A mí me hará un gran favor y ella se va a divertir mucho.

La madre aceptó encantada y la reina se llevó a la joven.

En cuanto llegaron a palacio, le enseñó las tres habitaciones llenas de lino y muy sonriente le dijo:

—Aquí tienes trabajo para unos cuantos días. En cuanto acabes, yo te daré por recompensa la mano de mi hijo. No me importa que seas pobre,

223

porque una mujer trabajadora es la
más rica del mundo.

Cuando la reina se fue, la joven volvió a mirar las tres montañas de lino. Sólo de imaginar el trabajo que allí había, le sudaban las manos. Entre suspiro y suspiro, exclamó:

—¡Ni en diez vidas que tuviese sería capaz de hilar tanto lino!

La muchacha se echó a llorar y estuvo sin mover un dedo los tres días siguientes. Pasado este tiempo, la reina se presentó a ver lo que la joven había hecho. Al ver todo tal cual estaba, preguntó:

—¿Cómo es que todavía no has empezado?

La joven contestó lo primero que se le vino a la cabeza:

—Majestad, es que me acuerdo mucho de mi madre y estoy muy triste.

La reina, que tenía un gran corazón, sintió pena por la joven y la tranquilizó:

—Muchacha, no llores más y ponte a trabajar inmediatamente. Como hilar te gusta mucho, seguro que olvidarás la pena de no estar con tu madre.

Cuando la reina se fue, la joven se asomó a la ventana. Debajo había tres mujeres con un aspecto muy raro.

La primera tenía el labio inferior tan grande, que le colgaba hasta la

barbilla. La segunda
tenía el dedo pulgar
de la mano derecha
tan enorme, que parecía una berenjena;
y la tercera tenía el pie derecho tan
largo y aplastado, que parecía un remo.

Las tres miraban hacia la ventana. Una de ellas preguntó a la joven:

—Muchacha, ¿por qué estás llorando?

A lo que la joven contestó:

—Tengo que hilar tres montañas de lino y no sé por dónde empezar.

Entonces, la segunda mujer dijo:

—¡Eso no es nada! Si prometes invitarnos a tu boda cuando te cases con el príncipe, nosotras te ayudamos a hilar.

—¡Por supuesto que os invitaré! —exclamó la joven desde la ventana.

—¡Espera, espera! —dijo la tercera mujer—. Además de invitarnos a tu boda, nos tienes que sentar a tu lado y decir a todos que somos tus primas.

—¡Os prometo que haré lo que me pedís con todo el gusto del mundo! ¡Ya podéis subir a trabajar!

Las tres mujeres entraron con la joven en la primera habitación. Mientras una mojaba el hilo con su enorme labio, la segunda lo retorcía, apoyándolo en la mesa con el dedo pulgar, y la tercera lo estiraba y hacía girar la rueda, poniendo su enorme pie sobre el pedal. De esta manera, en un abrir y cerrar de

ojos, las tres hilanderas acabaron con las tres montañas de lino.

Antes de despedirse de la joven, le volvieron a recordar:

—Si quieres ser feliz, no te olvides de lo que nos has prometido.

Al quedarse sola, la muchacha llamó a la reina y le enseñó los montones de hilo que había en las tres habitaciones. La reina, muy satisfecha, cumplió su palabra y comenzó a preparar la boda.

El príncipe estaba encantado de casarse

con una mujer tan hábil y trabajadora.
Pocos días antes de la boda,
la joven reunió a la reina y
a su prometido y les dijo:
—Desearía
pediros un
favor. Tengo
tres primas

a las que quiero mucho y me gustaría
que viniesen a mi boda y se sentasen a
mi lado en la mesa.

La reina y el príncipe exclamaron:

—¡Nos parece muy bien! No hay ningún
problema.

El día de la boda llegó y se
presentaron las tres hilanderas.
Cuando la novia las vio, corrió a su
encuentro y las saludó dando gritos
de alegría, para que todo el mundo la
oyese:

—¡Queridas primas, qué contenta
estoy de veros!

Inmediatamente después, se las
presentó a su futuro marido. La
verdad es que las tres seguían

teniendo un aspecto rarísimo y vestían
una ropa muy llamativa. El príncipe no
pudo contener su curiosidad y
preguntó a la que tenía el labio muy
grande:

–¿Por qué te cuelga tanto el labio?
Y la hilandera respondió:

233

—De chupar el hilo que tengo que hilar.

Después, se acercó a la que tenía el dedo pulgar como una berenjena:

—¿Por qué tienes el dedo tan grande? Y la mujer contestó:

—De torcer el hilo que tengo que hilar.

Por último, se acercó a la que tenía un pie como un remo y le preguntó:

—¿Por qué tienes un pie tan enorme y aplastado?

—De pisar el pedal para hilar.

El novio se quedó pensativo y puso cara de susto al imaginar el aspecto que tendría su mujer si seguía hilando. Así que tosió un poco para llamar la atención de los invitados y les dijo:

—Prometo delante de todos vosotros que mi mujer nunca más volverá a hilar.

Y la joven se sintió feliz y contenta porque, gracias a las tres hilanderas, se había librado de tan espantosa tarea.

El rey pico de tordo

Hermanos Grimm

Este era un rey que tenía una hija muy hermosa pero, tan orgullosa, que despreciaba a todos sus pretendientes. Para remediar aquella situación, su padre dio una gran fiesta en la que reunió a todos los hombres del reino que quisieran casarse con su hija. Los colocó en fila y la princesa fue mirando uno a uno.

—Este es más pequeño que un comino —dijo del primero.

—¡Este está muy
gordo! —comentó
de otro.

—¡Ja, ja, ja, este tiene la
barbilla como el pico de un tordo!

Desde ese momento, aquel
pretendiente se quedó con el mote de
«pico de tordo». El anciano rey, harto
de las burlas de su hija, gritó en medio
de la fiesta:

—¡Juro ante todos vosotros que la
princesa se ha de casar con el primer
harapiento que llame a mi puerta!

Días más tarde, un músico pobre y
andrajoso se puso a cantar debajo
del balcón del salón real. Cuando el
soberano lo oyó, pidió a sus criados

que le hicieran subir. En cuanto estuvo ante su presencia, el rey le dijo:

—Me ha gustado tanto tu voz que, en vez de unas monedas, te voy a dar la mano mi hija.

Después, llamó a la princesa y le habló de esta manera:

—He dado mi palabra de que te casaría con el primer harapiento que llegase a palacio. Por tanto, hija mía, aquí tienes a tu marido.

—¡Pero padre…! —exclamó la sorprendida joven.

Pocos minutos después, el sacerdote de palacio casaba

a la princesa con el músico. Tras la ceremonia, el rey dijo a su hija:

—Como un harapiento no puede vivir bajo mi techo, debes abandonar el palacio junto a tu esposo.

El músico, feliz y contento, tomó la mano de su esposa y la sacó de allí. Llevaban andando un buen rato, cuando entraron en la capital de un nuevo reino que estaba rodeada de un precioso bosque.

—¿De quién son esta ciudad y ese bosque tan enorme? —preguntó ella.

—Del rey «pico de tordo», que quiso ser tu esposo —contestó el marido.

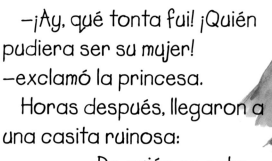

—¡Ay, qué tonta fui! ¡Quién
pudiera ser su mujer!
—exclamó la princesa.
   Horas después, llegaron a
una casita ruinosa:
      —¿De quién es esta
      cabaña tan birriosa?
      —preguntó ella.
         —Es nuestro hogar y en él
         viviremos felices —contestó
         el marido.
            En cuanto entraron en
         la casa, el joven organizó
         las tareas y dijo a su mujer:
         —Mientras barres y ordenas,
      yo iré a por leña; después, los
      dos haremos la cena.

241

La hija del rey no sabía hacer nada
de nada y el músico tuvo que enseñarle
a encender el fuego y a cocinar.

A la mañana siguiente, mientras
desayunaban un poco de fruta, el
marido comentó a su mujer:

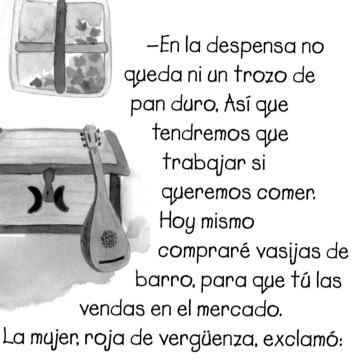

—En la despensa no queda ni un trozo de pan duro. Así que tendremos que trabajar si queremos comer. Hoy mismo compraré vasijas de barro, para que tú las vendas en el mercado.

La mujer, roja de vergüenza, exclamó:

—¡No puedo hacerlo, soy la hija del rey! La gente se reirá de mí.

—Ya no eres la hija del rey, sino la mujer de un músico pobre. Y si quieres comer y seguir viva, tendrás que trabajar.

En cuanto amaneció, el marido llevó a su mujer al mercado y colocó el puesto en un sitio tan céntrico que, a las pocas horas, ya habían vendido todas las vasijas que habían llevado.

Con el dinero compraron comida y se fueron a su casa.

Durante la cena, el marido le dijo:
    —Mañana tendrás que ir sola
    al mercado a vender los
    cacharros que quedan en
    casa. Yo tengo que ir a
    comprar otra tanda de
    vasijas.
        A la mañana
        siguiente, la
        mujer salió

sola para el mercado. El camino era largo y hacía calor. Cuando llegó, estaba tan cansada y acobardada que decidió poner el puesto a la entrada de la plaza.

En el mismo momento en que terminaba de colocar los cacharros, oyó el relincho de un caballo. Instantes después, vio cómo sus vasijas quedaban hechas añicos bajo las patas de aquel animal espantado. La mujer no supo qué hacer y se puso a correr hacia su casa.

—¿Qué te ha ocurrido? —le preguntó su marido, que acababa de llegar.

247

La pobre mujer
le contó lo sucedido y
el marido la tranquilizó:
—Bueno, mujer, un día de mala suerte
lo tiene cualquiera. Deja de llorar y no
te preocupes. Hoy me he enterado de
que el rey «pico de tordo» se va a
casar y necesitan muchas personas
para ayudar en la cocina. Yo también
iré contigo a pedir trabajo.

Pocas horas después, la hija del rey era ayudante de cocina. Fregó cazuelas, picó cebollas, peló patatas, batió huevos... Todas las tareas más pesadas se las daban a ella. Cuando oyó los redobles de tambor que anunciaban la llegada de los invitados, la mujer dejó la cocina y subió a curiosear. Se escondió detrás de una estatua y, mientras veía pasar a príncipes y princesas, se decía:

«¡Cómo me arrepiento de mi orgullo! Si hubiese sido más humilde y menos soberbia, ahora sería más feliz».

Por la puerta apareció el rey.

Segundos después, una mano sacó a la mujer de su escondite. Era el

250

mismísimo rey, que la invitaba a bailar con él.

La pobre mujer se moría de vergüenza. Estaba sudorosa, mal vestida y tenía miedo de que el rey la reconociese y recordase que una vez se había reído de él.

—Señor, por favor, le pido que no se burle de esta pobre moza de cocina y me permita volver a mi trabajo.

Pero el rey no escuchó sus palabras y la llevó bailando hasta el centro del salón, mientras le iba diciendo.

—Yo, el rey «pico de tordo» y el músico harapiento somos la misma persona. Porque te quiero como te quiero, me he disfrazado de músico pobre. Todo lo

he hecho para acabar con tu maldito orgullo.

Entre lágrimas y sollozos, la mujer contestó:

—Por favor, déjame, no merezco ser tu mujer.

A lo que el rey contestó:

—Lo peor ya ha pasado. Ahora, celebraremos nuestra boda.

A una señal del rey aparecieron varias doncellas que se llevaron a la princesa y la vistieron con un traje magnífico. Su padre, el anciano rey, la esperaba a la entrada de la iglesia para ser su padrino de bodas. A partir de entonces, la alegría y la felicidad reinó en los corazones de aquellas buenas gentes.

Cuentos
de
princesas

Blancanieves

Hermanos Grimm

Érase una vez una reina que, aunque vivía feliz y contenta, lo que más deseaba en el mundo era tener una hija.

Un día que bordaba junto a la ventana de madera de ébano, se pinchó un dedo con la aguja. Como tenía la ventana abierta, la sangre salpicó la nieve que allí había.

—¡Ojalá —dijo la reina— tuviera una hija tan blanca como la nieve,

con unas mejillas sonrosadas como la
sangre y de cabellos tan negros como
el ébano!

Pocos meses después,
la reina tuvo una hija
muy guapa, como ella la
había deseado, y la
llamó Blancanieves.
Pero a los pocos
días de nacer la
niña, murió la
madre.

Transcurrido un año, el rey volvió a casarse con una mujer tan bella como orgullosa. La nueva reina tenía una sola preocupación en la vida: ser la mujer más hermosa del mundo y que nadie la superase en belleza.

La madrastra de Blancanieves poseía un espejo mágico al que todas las mañanas consultaba:

—Espejito, espejito mágico, ¿hay alguien más bella que yo en la Tierra?

Y el espejito contestaba:
—No, mi reina; vos y solamente vos
sois la más hermosa.

Pero cada día
que pasaba, cada
año, Blancanieves
era más bonita. Su
belleza resplandecía y
superaba a la de la reina.
Una mañana de
primavera, la madrastra
se puso ante el espejo y
le preguntó:
—Espejito, espejito
mágico, ¿hay alguien
más bella que yo?

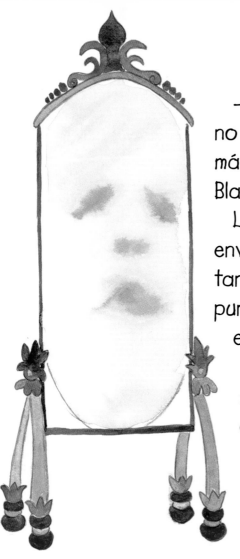

–¡Mi querida reina! Ya no eres la más bella. La más linda y hermosa es Blancanieves.

La reina, muerta de envidia, se enfureció tanto que estuvo a punto de romper el espejito mágico. A partir de ese momento, el odio fue creciendo en su corazón de tal manera, que decidió acabar con la vida de Blancanieves.

Llamó a un cazador y le dijo:

—Haz desaparecer de mi vista a Blancanieves. Llévala a lo más profundo del bosque y mátala. Para asegurarme de que has cumplido mi orden, me traerás sus pulmones y su hígado.

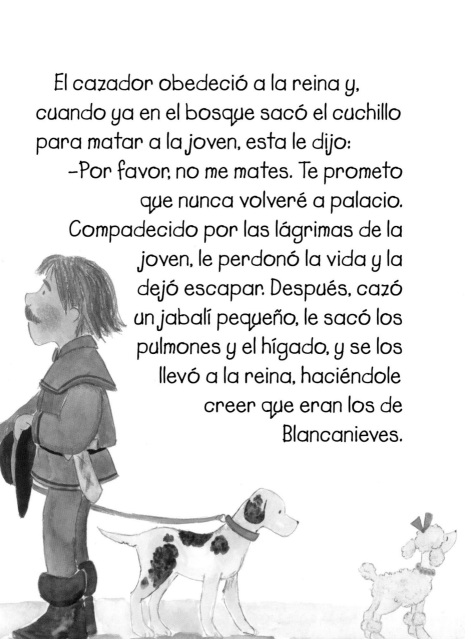

El cazador obedeció a la reina y, cuando ya en el bosque sacó el cuchillo para matar a la joven, esta le dijo:

–Por favor, no me mates. Te prometo que nunca volveré a palacio. Compadecido por las lágrimas de la joven, le perdonó la vida y la dejó escapar. Después, cazó un jabalí pequeño, le sacó los pulmones y el hígado, y se los llevó a la reina, haciéndole creer que eran los de Blancanieves.

Al verse sola en
el bosque,
Blancanieves
sintió miedo. Sin
saber adónde ir,
empezó a
caminar. Anduvo
durante horas y,
al atardecer,
encontró una
casita muy
pequeña. Llamó
varias veces y, como
nadie le contestaba,
decidió entrar. Allí todo
era diminuto. Sobre
una mesa, había siete

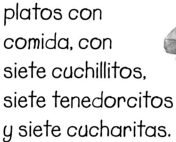

platos con
comida, con
siete cuchillitos,
siete tenedorcitos
y siete cucharitas.

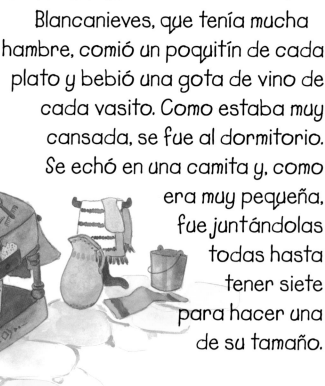

Blancanieves, que tenía mucha
hambre, comió un poquitín de cada
plato y bebió una gota de vino de
cada vasito. Como estaba muy
cansada, se fue al dormitorio.
Se echó en una camita y, como
era muy pequeña,
fue juntándolas
todas hasta
tener siete
para hacer una
de su tamaño.

Cuando anocheció, los dueños de la
casa regresaron a su hogar. Eran siete
enanitos que trabajaban en las minas,
buscando oro y diamantes.

Al encender sus siete lamparitas,
vieron que las cosas no estaban como
ellos las habían dejado.

El primer enanito dijo:

—¡Alguien se ha sentado en mi
sillita!

El segundo exclamó:

—¿Quién ha comido
de mi platito?

El tercero comentó:

267

—Me han comido medio
panecillo.
El cuarto dijo:
—Han bebido
de mi vasito.
El quinto
declaró:
—Mi
tenedorcito
está manchado.
El sexto
preguntó:
—¿Dónde está mi
cuchillito?
El séptimo dijo:
—Mis cubiertos están
desordenados.

269

–¿Quién está en nuestras camas?
Por fin, el séptimo de los enanitos
descubrió a Blancanieves y avisó a
todos sus compañeros. Los siete
hombrecillos rodearon a la niña,
mientras exclamaban:
–¡Oh, qué hermosa es!
Y para no despertarla,
los enanitos se arreglaron como
pudieron para dormir aquella
noche.
Cuando a la mañana siguiente
Blancanieves se despertó, se
llevó un susto tremendo al ver
a los siete hombrecillos. Ellos la
tranquilizaron y Blancanieves
les contó su triste historia.

Entonces, uno de los enanitos le preguntó:

–¿Te gustaría quedarte con nosotros? Si así lo haces, podrías limpiar la casa y prepararnos la cena para cuando volvamos de la mina. A cambio, nosotros te aseguramos que serás feliz y nunca te faltará nada.

Blancanieves aceptó el ofrecimiento y comenzó para ella una nueva vida.

Todos eran felices.

De vez en cuando, los enanitos le recomendaban:

–Ten cuidado con tu madrastra. Como estamos

273

seguros de que vendrá a buscarte, te rogamos que, por favor, no abras nunca la puerta a nadie.

Pasado un tiempo, la reina consultó de nuevo a su espejo:

—Espejito, espejito mágico, ¿hay alguien más bella que yo en Tierra?

Y el espejito le contestó:

—Verdad es, reina mía, que aquí eres muy bella; pero Blancanieves, que vive en el bosque con los enanitos, lo es mucho más que tú.

Al instante, la reina se dio cuenta de que el cazador la había engañado y de que Blancanieves estaba viva. Entonces, pensó un nuevo plan para deshacerse de la niña.

Inmediatamente se disfrazó y cogió cintas, puntillas y botones y los colocó en una caja de madera que se colgó al cuello con unas correas, como hacen las vendedoras ambulantes. Luego, la malvada madrastra se dirigió a la casita del bosque y empezó a pregonar:

–¿Quién quiere comprar barato? ¡Tengo cintas, botones, puntillas...!

276

Blancanieves se asomó a la ventana y vio a una viejecita. Le pareció tan bondadosa y amable, que le abrió la puerta.

—¡Qué criatura tan linda! —exclamó la vendedora—. Déjame que te ponga en el corpiño las cintas más bonitas de mi caja.

La madrastra ató tan fuerte las cintas que Blancanieves se quedó sin respiración y cayó desmayada.

—¡Ya no eres la más bonita! —exclamó la malvada madrastra.

Al atardecer, los enanitos volvieron a casa y se dieron un buen susto al ver a

Blancanieves en el suelo. Lo primero que pensaron fue que estaba muerta. Pero vieron las cintas que oprimían su pecho e, inmediatamente, se las quitaron. Blancanieves comenzó a respirar mejor y, al poco tiempo, volvió en sí. Cuando les contó lo ocurrido, los enanitos la riñeron:

—No puedes ser tan confiada. Esa viejecita amable y

bondadosa no era otra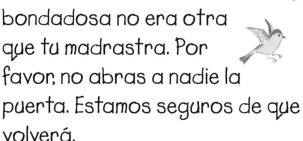
que tu madrastra. Por
favor, no abras a nadie la
puerta. Estamos seguros de que
volverá.

Cuando la malvada reina regresó a
casa, se colocó ante el espejo y
preguntó:

–Espejito, espejito mágico, ¿hay
alguien más bella que yo en la Tierra?

Y el espejito contestó:

–Fuiste la más bella, pero ahora no lo
eres. Blancanieves es la más hermosa
del mundo.

La reina enrojeció de rabia al
saber que Blancanieves seguía
viva. Pero se tranquilizó al recordar

que tenía un método eficaz para matar a la niña. Buscó una peineta, la untó en veneno y se disfrazó nuevamente de viejecita. Después, entró en el bosque y marchó en dirección a la casa de los enanitos. Cuando llegó cerca de la puerta se puso a vocear:

—¡Peines y peinetas para adornar la melena!

Blancanieves se asomó a la ventana y dijo:

—No insista, señora, no voy a abrir la puerta.

La vendedora sonrió a Blancanieves y la tranquilizó:

—No es necesario que me abras la puerta. Mira por la ventana y verás

qué cosas tan bonitas
traigo.
Tanto insistió la
viejecita, que
Blancanieves
acabó abriendo
la puerta y dejó
que la vendedora le
peinase la melena
con aquella
peineta. Poco a

poco el veneno fue entrando por la piel y la niña cayó al suelo.

—¡Por fin conseguí matarte!

Por suerte, aquella tarde los enanitos regresaron más pronto de la mina. ¡Menudo susto se dieron! Enseguida vieron la peineta y, con mucho cuidado, se la quitaron.

Blancanieves no tardó en volver en sí y contarles lo sucedido.

De regreso en palacio, la reina consultó al espejo:

—Espejito, espejito mágico, ¿hay alguien más bella que yo en la Tierra?

Y el espejo respondió:

—Hoy te digo lo mismo que ayer. Fuiste la más hermosa, pero ahora lo es Blancanieves.

Temblando de ira, la reina gritó:

—¡Blancanieves tiene que morir! ¡Necesito un plan infalible!

Para conseguir tan espantoso propósito, la reina buscó la manzana más apetitosa del reino y la envenenó. Después, se vistió como una campesina y marchó a la casa de los enanitos.

—¡Vendo exquisitas manzanas! —anunció junto a la puerta. Blancanieves, desde el interior de la casa, contestó:
—Señora, no puedo abrir la puerta porque los siete enanitos se enfadarían mucho conmigo.

—Eso está muy bien. Y por ser una chica buena y obediente, te voy a regalar esta hermosa manzana.

Entonces, partió la manzana en dos pedazos, uno para ella y otro para Blancanieves, se lo entregó y le dijo:

—Tú te comes la parte roja y yo la blanca.

Cuando Blancanieves vio que la campesina comía su pedazo, confió y se llevó el suyo a la boca y, nada más

morderlo, cayó muerta al suelo.

—¡Esta vez nadie podrá salvarte! —dijo la madrastra.

En cuanto llegó a palacio, lo primero que hizo la malvada fue ponerse delante del espejo:

—Espejito, espejito mágico, ¿hay alguien más bella que yo en la Tierra?

286

Y el espejito le contestó:

–Vos, reina mía, sois la más bella.

Mientras sucedía esto en palacio, los enanitos trataban inútilmente de reanimar a Blancanieves.

Cuando se dieron cuenta de que estaba muerta, colocaron su cuerpo en una caja de cristal. En uno de sus lados, escribieron con letras de oro: «Aquí yace la bella Blancanieves, hija del rey».

Llenos de dolor, los enanitos llevaron el ataúd hasta una hermosa montaña y lo depositaron dentro de una cueva.

Al anochecer, los enanitos se despidieron de la niña y regresaron a casa. Volvieron todos menos uno, pues habían decidido no abandonar a Blancanieves ni de noche ni de día.

Pasaron las semanas, los meses y los años, y un día de verano, entró en la cueva un hermoso príncipe en

busca de sombra y frescura.
Era domingo y los siete
enanitos habían ido a llevar a
Blancanieves las flores más
bellas del campo.

Al ver a la joven, el príncipe se
quedó deslumbrado ante tanta

289

belleza y pidió a los
enanitos que le contasen
la historia de la
princesa. Cuando
terminaron, el
príncipe dijo:

　—Quiero llevarme a
Blancanieves a mi
palacio. A cambio, os daré
lo que me pidáis.

—Señor, eso no puede ser —dijo el enanito más anciano—. Mis compañeros y yo hemos prometido no abandonarla jamás.

—¡Yo tampoco la abandonaré! Solo deseo tener a Blancanieves en mi palacio. Os prometo que estaré con ella todos los días de mi vida.

Los siete enanitos se compadecieron del príncipe enamorado y le dieron permiso para llevarse a Blancanieves. En el camino, uno de los criados que llevaban el ataúd tropezó con una piedra. Fue

tan fuerte la sacudida que hizo
salir de la boca de
Blancanieves el pedazo de
manzana envenenada.
Inmediatamente, la joven despertó.

–¿Qué sucede? ¿Dónde estoy?
–exclamó Blancanieves.

El príncipe, loco de alegría, se
acercó a ella y, ayudándola a
levantarse, le dijo:

–¡Te amo más que a nada en el
mundo y quiero que seas mi
esposa!

El príncipe y Blancanieves se
casaron pocos días después. A la
fiesta fue invitada la madrastra de
Blancanieves, que se puso para la

ocasión el más lujoso
de sus vestidos. Poco
antes de salir de la
habitación, preguntó
al espejo:

—Espejito, espejito mágico, ¿hay alguien más bella que yo en la Tierra?

Y el espejo respondió:

—Señora, fuiste la más hermosa y bella, pero hoy por hoy, lo es la princesa que se va a casar.

A pesar de la rabieta que tenía, la malvada reina decidió ir a la boda. ¡Qué sorpresa se llevó cuando vio que la novia era Blancanieves! Llena de odio y envidia, la malvada reina se marchó corriendo del palacio. Y debió de ir tan lejos, tan lejos que, desde entonces, nadie la ha vuelto a ver.

295

La princesa y el guisante

Hans Christian Andersen

En aquellos viejos tiempos,
además de duendes y
hadas, de brujas y
hechiceras, había
muchísimas más
princesas de las que
hay ahora. Pero no todas
eran verdaderas princesas y
sucedía con frecuencia que
los príncipes se sentían
engañados a los pocos

días de casarse con una joven que, de princesa, no tenía más que el nombre.

Como la mayor desgracia para un príncipe era casarse con una falsa

princesa, el príncipe
de esta historia
comenzó a buscar esposa
por todos los países del mundo. Pero
por más que buscó y buscó no

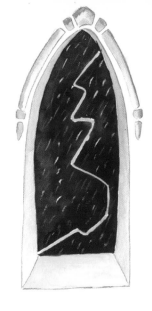

encontró ninguna auténtica princesa y se volvió a palacio desilusionado.

Una noche, mientras cenaba con sus padres, estalló una terrible tormenta. La lluvia caía a cántaros y el cielo parecía que iba a romperse con tanto trueno y relámpago. En medio de aquel espanto, llamaron a la puerta. El anciano rey acudió a abrir y se encontró frente a una joven de deslumbrante belleza, con las ropas empapadas.

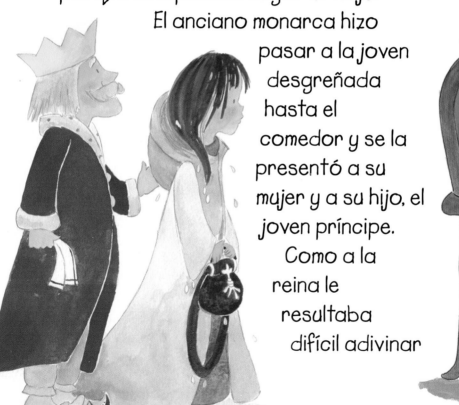

—Majestad, soy una princesa que viaja con sus damas al palacio de mi hermano. Os ruego que nos permitáis dormir esta noche bajo vuestro techo, porque es imposible seguir el viaje.

El anciano monarca hizo pasar a la joven desgreñada hasta el comedor y se la presentó a su mujer y a su hijo, el joven príncipe. Como a la reina le resultaba difícil adivinar si aquella joven era una princesa de verdad o una hermosa campesina, decidió someterla a una dura y difícil prueba.

Mientras el rey y el príncipe atendían a la joven para que se secara junto al fuego de la chimenea, la reina se dirigió al cuarto de los huéspedes, acompañada de dos criadas.

—Deshagan la cama, quiten el colchón y coloquen sobre las tablas este diminuto guisante. Después, pongan sobre el guisante veinte colchones y veinte edredones de pluma.

Y en esa cama «durmió» la muchacha.

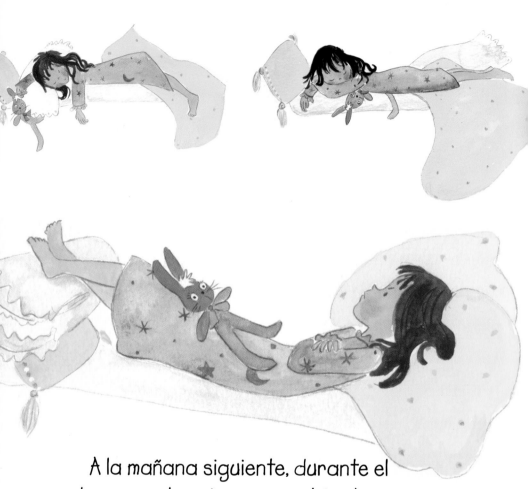

A la mañana siguiente, durante el
desayuno, la reina preguntó a la joven:
—¿Habéis descansado bien, princesa?
—¡No, ha sido horrible! —contestó—.

304

Apenas he podido pegar ojo en
toda la noche. En la cama había un
objeto tan duro que tengo el cuerpo
lleno de moratones...

La reina comprendió entonces que se
trataba de una auténtica princesa.
Nadie, sino una princesa de verdad,

puede tener la piel tan delicada como para notar un guisante a través de veinte colchones y veinte edredones.

Como además de ser una verdadera princesa, la joven era muy bella, el príncipe le pidió que fuera su esposa.

Cuentan las crónicas que el guisante acabó en el museo del palacio, dentro de una caja de cristal. Aquel guisante tenía para la princesa mayor valor que la más valiosa de las joyas, pues gracias a él encontró al mejor esposo del mundo.

Los zapatos gastados de tanto bailar

Hermanos Grimm

En los confines del mundo vivía un rey
muy querido por su pueblo que no era
feliz. En su vida había un misterio que le
preocupaba por el día y no le dejaba
dormir por la noche.

Aquel rey tenía doce hijas, tan bellas
como traviesas. Las doce princesas
estaban siempre juntas e incluso
dormían en el mismo cuarto. Por la
noche, cuando se iban a acostar, su
padre les daba un beso y, después, él
mismo cerraba con
llave la puerta del
dormitorio.
Sin embargo,
todas las
mañanas
aparecían en el
comedor con
los zapatos
totalmente
destrozados.

El rey, al verlas tan sonrientes y divertidas, decía para sus adentros:

—¿Dónde habrán estado esta noche para desgastar los zapatos de este modo? ¡Pero si no han podido salir!

Con el fin de desvelar aquel secreto, el rey publicó un bando que el pregonero real fue voceando de pueblo en pueblo:

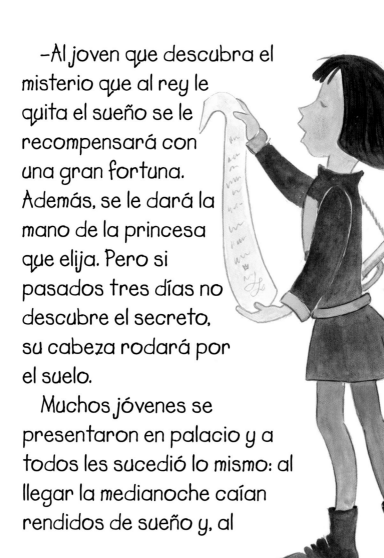

—Al joven que descubra el misterio que al rey le quita el sueño se le recompensará con una gran fortuna. Además, se le dará la mano de la princesa que elija. Pero si pasados tres días no descubre el secreto, su cabeza rodará por el suelo.

Muchos jóvenes se presentaron en palacio y a todos les sucedió lo mismo: al llegar la medianoche caían rendidos de sueño y, al

despertarse, veían los
doce pares de zapatos
destrozados. Y llegó un momento en
que ningún muchacho quiso
presentarse en palacio, por temor a
perder la cabeza.

El misterio de las doce princesas
llegó a oídos de las gentes de otros
reinos. De uno de esos países lejanos,
salió un joven soldado dispuesto a
descubrir el secreto que al rey le
quitaba el sueño. Cruzó pueblos y
campos y, al atravesar un bosque, se
encontró con una anciana que llevaba
una enorme carga de leña sobre la

espalda. Rápidamente, el soldado se acercó y le dijo:

—Permítame que la ayude y lleve la leña hasta su casa. La carga es demasiado pesada para usted.

—Gracias, buen mozo. ¿Adónde vas con tanta prisa? —le preguntó la viejecita.

El joven soldado le contó sus planes y la viejecita, agradecida, le dio este consejo:

—Si no quieres que el rey te corte la cabeza, no bebas el vino que te ofrezca una de las princesas. Después, cuando el palacio esté en silencio y

cada cual en su dormitorio, ponte esta
capa que te doy. Serás invisible y
podrás ver sin que te vean.

315

Muy agradecido por los consejos y la capa, el soldado se despidió de la anciana y se dirigió a palacio. Se presentó ante el rey y después de hablar un buen rato con él, el soldado le pidió que esa noche no cerrase con llave el dormitorio de sus hijas. En la cena, conoció a las doce princesas,

que lo miraban, sonreían con complicidad y cuchicheaban:

—¡Pobrecillo, no sabe lo que le espera!

Cuando el soldado se retiró a su cuarto, una de las princesas le ofreció una copa de vino. El joven fingió que bebía, pero tiró el líquido detrás de un mueble. Inmediatamente, empezó a roncar y convenció a las doce muchachas de que estaba profundamente dormido. Las princesas reían confiadas y la mayor dijo:

317

—¡Qué lástima de muchacho! ¡Pensar que dentro de unos días estará muerto como todos los demás!

Inmediatamente después, se vistieron, se perfumaron y se pusieron los zapatos nuevos que su padre les había entregado ese día. Cuando la hermana mayor vio que todas estaban arregladas, dio varias palmadas y una de las camas se hundió, dejando al descubierto una estrecha escalera. Las doce muchachas desaparecieron tan rápidamente por ella, que el soldado tuvo que ponerse velozmente la capa y correr para no perderlas de vista. Con las prisas, pisó sin querer el vestido de la más pequeña, que empezó a gritar:

—¿Quién me ha pisado el vestido?

—¡Quién te lo va a pisar! —exclamó la mayor—. ¿No ves que no hay nadie detrás de ti? Seguro que te habrás enganchado en un clavo.

Tras esta pequeña discusión, las princesas siguieron bajando.

Cuando llegaron al último peldaño, se dirigieron por un camino a un hermoso parque, donde había árboles

fantásticos con hojas de plata. El soldado decidió arrancar una rama para llevarla como prueba ante el rey. El árbol se movió e hizo el ruido suficiente como para que la pequeña lo oyese.

—¿No habéis oído el ruido de una rama? —preguntó asustada.

—No seas miedosa. Ese ruido que oíste lo habrá hecho el viento.

Siguieron caminando y llegaron a la orilla de un lago. Allí les esperaban doce barcas con doce príncipes enamorados. Como el soldado iba detrás de la más joven, se subió con ella en la barca. En cuanto su príncipe azul se puso a remar, comenzó a quejarse:

—¡Cuánto pesa la barca esta noche! Aunque remo con todas mis fuerzas, avanzamos tan lentos como una tortuga.

Al otro lado del lago, en medio de un maravilloso jardín, había un palacio iluminado del que llegaba una música maravillosa. Los príncipes remaron a toda prisa y, en cuanto entraron en el

salón de baile, no pararon de danzar
en toda la noche.

Cuando el soldado creía que ya iban
a caer rendidas, las princesas y sus

enamorados se dirigieron a un comedor
para recuperar fuerzas. Sucedió que la
más jovencita se sirvió una copa de
agua y el soldado se la bebió.
Inmediatamente, la princesa se quejó:

–¡Me han bebido el agua de la copa!
Estoy segura de que esta noche está
sucediendo algo extraño...

La hermana mayor hizo un gesto
para que se callara, a la vez que
le decía:
–¡Qué pesadita estás! ¡Seguro que te
la has bebido tú! Como sigas así,
mañana no vienes con
nosotras.
Comenzaba a amanecer
cuando las princesas, con
los zapatos completamente
destrozados, volvieron
otra vez a las
barcas;
atravesaron de
nuevo el jardín
y regresaron
al dormitorio.

El soldado
subió antes que ellas
por la escalera y se metió
en la cama. Cuando las
princesas llegaron al
dormitorio y oyeron los
ronquidos del soldado,
se durmieron confiadas
y tranquilas.

Las noches siguientes se
repitieron uno a uno los sucesos
de la primera noche, incluidas las

protestas de la más joven. La tercera noche, el soldado cogió una copa de la fiesta para enseñársela al rey como prueba.

En el plazo fijado, el soldado se presentó ante el rey, que le preguntó:

—¿Podrías decirme dónde desgastan mis hijas los zapatos por la noche?

—Señor, sus hijas destrozan los zapatos bailando con doce príncipes en un palacio que se encuentra bajo tierra.

Entonces el muchacho contó al rey todo lo que había visto en el jardín encantado, en el lago y en el palacio.

Después, le enseñó las pruebas: la rama con las hojas de plata y la copa

329

de la fiesta. El rey, que no salía de su asombro, hizo llamar a sus doce hijas para saber si aquello era cierto.

Las muchachas, que habían entrado riéndose, no supieron qué cara poner al ver al soldado vivo. Fue la más pequeña la que descubrió la verdad cuando, muy enfadada, dijo a su hermana mayor:

—¿Te das cuenta de que había alguien que nos estaba espiando? Menos mal que este joven ha dejado claro que no soy una quejica que protesta por cualquier cosa.

El rey felicitó al soldado y le ofreció la mano de una de sus hijas. Y como podéis imaginar, eligió a la hermana más joven, con la que vivió feliz y dichoso el resto de sus días.

El gato con botas

Charles Perrault

Al morir el pobre molinero, dejó por toda herencia a sus hijos un molino, un asno y un gato. Al mayor le tocó el molino, al segundo, el asno y al más joven, el gato. Este último se lamentaba de su mala suerte y decía:

—Mis hermanos podrán trabajar juntos y ganarse

la vida con el molino y el burro. Sin
embargo yo... ¿qué puedo hacer con un
gato?

333

El gato, que estaba a su lado,
le contestó:
—No os preocupéis, mi amo. Si me
dais un saco y unas botas, os
demostraré la buena
suerte que habéis
tenido de recibirme
como herencia.
Como nada
tenía que perder,
el joven dio al
gato lo que
pedía.
Este se
calzó las
botas y,
con el

334

saco al hombro, entró en el molino
para llenarlo de cáscaras de trigo.
Cuando llegó al bosque, abrió el saco y
se tumbó, como si estuviera muerto,
esperando que algún
animal confiado se
acercara a comer.

Pocos minutos después, un conejo entró en el saco... y de allí no volvió a salir.

Contento y satisfecho, el gato fue a palacio y solicitó hablar con el rey. En cuanto lo llevaron ante el monarca, hizo una reverencia y dijo:

—Majestad, este conejo que le entrego lo ha cazado para usted mi amo, el marqués de Carabás.

El gato, que acababa de inventar este noble título para el hijo del

molinero, esperó la
respuesta del rey:

—Di a tu señor que le
agradezco
mucho el regalo.

Durante los
dos o tres meses
siguientes, no
hubo día que el
gato no llevase al rey
una perdiz o un conejo
de parte de su
amo, el marqués de
Carabás.

Tanto iba el
gato a palacio
que, un día se

enteró de que
el rey y su hija
saldrían aquella tarde
a pasear por la orilla del río.
Así que, sin pérdida de tiempo, el gato
le dijo a su amo:

—Si escucháis y seguís mis consejos,
pronto seréis un hombre rico. Solo
tenéis que bañaros en la parte del río
que yo os diga y dejar que os esconda
la ropa debajo de una piedra.

El hijo pequeño del molinero siguió las
indicaciones del gato: se metió en el
agua y se puso a nadar. Al poco rato,
pasó por allí la carroza del rey y el
gato empezó a gritar con toda sus
fuerzas:

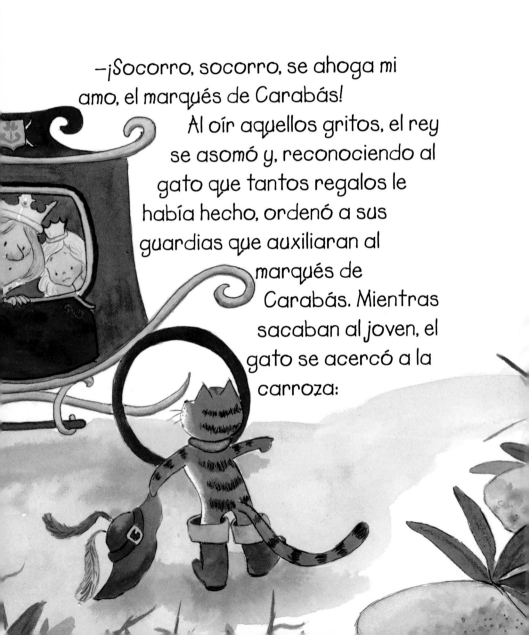

—¡Socorro, socorro, se ahoga mi amo, el marqués de Carabás!

Al oír aquellos gritos, el rey se asomó y, reconociendo al gato que tantos regalos le había hecho, ordenó a sus guardias que auxiliaran al marqués de Carabás. Mientras sacaban al joven, el gato se acercó a la carroza:

—Majestad, hoy es un día terrible para mi amo. Hace apenas unos minutos, un ladrón le ha robado la ropa. Por más que corrí, el muy pillo logró escapar.

Al oír esta nueva desgracia, el rey ordenó a un criado que fuese a palacio y trajese uno de sus mejores trajes para el marqués de Carabás.

Vestido lujosamente,
el hijo del molinero
parecía un verdadero
marqués. Pero no todo lo
hace el vestido. El joven era
tan guapo, educado y cariñoso
que la hija del rey se enamoró
locamente de él.

Tras los ruegos del rey y su hija, el
marqués de Carabás aceptó dar un
paseo en la carroza real. El gato, sin
embargo, se marchó corriendo,
dispuesto a preparar el camino para
su amo. Al pasar por un prado, el gato
se acercó a los campesinos y les gritó:

—¡Eh, buenas gentes! ¡Si no decís al
rey que este prado pertenece al

marqués de Carabás, acabaréis
hechos picadillo!

Cuando el rey pasó por allí, ordenó
parar la carroza y preguntó a los
segadores:

—¿Podrían decirme de quién es este
hermoso prado?

Los campesinos contestaron:

—¡Estas tierras son propiedad del marqués de Carabás!

El rey, mirando con simpatía al marqués, exclamó:

—¡Qué prados tan hermosos tenéis!

El gato, que siempre iba por delante de la carroza, se detuvo delante de unos campesinos que segaban el trigo y les dijo:

—¡Escuchad, buenas gentes! ¡Si no decís al rey que estos campos pertenecen al marqués de Carabás, acabaréis hechos picadillo!

345

Cuando poco después el rey preguntó a quién pertenecían aquellos trigales, los campesinos respondieron:

—Majestad, son de nuestro señor el marqués de Carabás.

A lo largo del camino, el gato fue amenazando a cuantos campesinos encontraba. Por este motivo, el rey llegó a la conclusión de que el joven marqués era enormemente rico.

Finalmente, el gato llegó al castillo del ogro, que era en realidad el dueño y señor de todas las tierras que el rey creía que eran del marqués de Carabás.

El gato, que conocía los especiales y fantásticos poderes del ogro, llamó a

347

la puerta del castillo y solicitó hablar con él. El ogro lo recibió en el gran patio de la entrada y, tras presentarle sus respetos, el gato le dijo:

—Me han asegurado que tenéis el poder de transformaros en cualquier animal, incluso en algunos tan grandes como el león o el elefante. Todo me parece tan exagerado, que no sé si creerlo.

349

—Así es —contestó el ogro—. Y para que lo veas con tus propios ojos, me convertiré en un león.

El gato se asustó tanto al ver al león, que trepó hasta el tejado. Cuando el ogro recuperó su aspecto habitual, el gato bajó y exclamó:

—¡Qué miedo he pasado! —y continuó hablando—. También me han dicho que sois capaz de transformaros en animales tan pequeños como una rata o un ratón. A mí, la verdad, me parece absolutamente imposible.

—¿Imposible? —gritó el ogro—. Pues ahora verás.

Y entonces se transformó en un ratoncillo. En cuanto el gato lo vio corretear por el suelo, no dudó ni un instante: se abalanzó sobre él y lo devoró.

Al poco rato, el gato oyó que se acercaba la carroza real. A toda prisa, salió a su encuentro y dijo al rey:

—Majestad, sed bienvenido al castillo del marqués de Carabás.

—¿También este castillo es vuestro? —preguntó el rey sorprendido—. Nunca había visto nada igual. ¿Podríais enseñármelo por dentro?

—Con mucho gusto —dijo el supuesto marqués.

El rey, el marqués y su hija entraron a un gran salón. Allí estaba servida la

comida que el ogro había preparado
para unos amigos.

El rey estaba feliz y contento.
Admiraba las cualidades del marqués
y su enorme riqueza. Por otra parte,
como se había dado cuenta de que
su hija estaba locamente
enamorada del joven, al
final de la comida
pronunció estas
palabras:

—Señor
marqués, solo
de vos
depende que
queráis ser el
marido de mi hija.

Y el hijo del molinero, haciendo una gran reverencia, aceptó el honor que el rey le hacía. Ese mismo día se casó con la bella princesa.

El gato se convirtió en un gran señor y, a partir de entonces, solo cazó ratones cuando se aburría.

Índice